# Katzenjäger

Yvonne Elisabeth Reiter

# Katzenjäger

Yvonne Elisabeth Reiter

Eine spannende
Geschichte aus
der Welt der
Samtpfoten

ChiemgauerVerlagshaus.de

1. Auflage

www.chiemgauerverlagshaus.de

Umschlaggestaltung: Ulrike Vohla
Coverabbildungen:
© sozon (Cover vorne), © Sunny_nsk (vor Mond), © GOLFX
Satz: Bernhard Edlmann Verlagsdienstleistungen, Raubling

ISBN 978-3-945292-60-0

Starker Regen prasselt auf die trockene Erde im Garten. Allein der Gesang der tanzenden Tropfen stimmt mich wohlwollend. Sie sausen in voller Fahrt in Richtung Boden. Kurz vor dem fatalen Aufschlag prallen sie auf ein winzig kleines Luftpolster, das sich automatisch zwischen ihnen und der Erdoberfläche bildet. Sie zerplatzen lautstark und versinken. Na ja, wenn es der derzeitig harte, staubige Boden zulässt. Von solch melodischen Klängen wird mein heutiger kuscheliger Morgen auf der Couch nach einer eher unruhigen Nacht begleitet. Ich stecke meine Nase unter meine Pfoten und atme geräuschvoll tief durch.

Ach ja, ich bin Django und eine, äh, hm, äh, man nennt meine Rasse eine gewöhnliche Hauskatze. Welchen begrifflichen Unsinn sich manche Zweibeiner doch ausdenken?! Hätten sie nur mein weiches, getigertes Sommerfell gesehen, wäre die Benennung meiner Rasse bestimmt anders ausgefallen. Es glänzt unter der Sonne wie die glitzernden Fäden einer edlen Seide. Außergewöhnlich würde ich mich nennen. Ich schüchtere die Katzen der Umgebung allein mit meiner Intelligenz und hübschen Statur ein.

Mein um zwei Minuten jüngerer Bruder Maximus dagegen ist grau-weiß meliert und eher schlaksig. Er muss hart um seine Stellung kämpfen, aber das macht er krallenstark. Und rennen kann er! Okay, das würde ich niemals in seiner Gegenwart zugeben: Ich bin stolz, dass mein Bruder der schnellste Läufer in unserer Gegend ist. Ansonsten ist er wortkarg und eher langweilig.

Der Gesang der Natur nimmt zu, worauf ich mich fest in die Mulde des Kissens drücke. Ich atme herzhaft durch. Bestimmt bin ich gleich im Reich der Katzenträume. Ein Schäfchen, zwei, hm, es funktioniert ganz und gar nicht. Ich komme nicht einmal in die Nähe des Hinüberdämmerns. Die Gedanken kreisen unangenehm laut in meinem Kopf.

Bei mir im Dorf gehen derzeit ungewöhnliche Dinge vor. Die Unruhe verfolgt mich sogar noch nach einem zufriedenstellenden Nachtrundgang im angrenzenden Wald. Immerzu denke ich an die langhaarige Kira, die zwei Häuser von mir entfernt wohnt. Wie sollte ich sie auch vergessen, wenn derart viele Plakate mit ihrem Gesicht im Ort hängen? Überall starren mich ihre mandelförmigen, seltsamen Augen an. Seltsam nenne ich sie nur, weil sie zweifarbig sind. Blau und grün ruhen sie anmutig im dichten, weichen Fell ihres symmetrischen Kopfes.

Kiras Zweibeiner machen sich riesige Sorgen.

Wo kann sie nur sein? Kira haut doch nicht einfach so ab! Vielleicht hat sie Chico verschreckt. Der tollpatschige Siamkater nervt uns alle, seitdem er vor zwei Monaten in unser Dorf gezogen ist. Obwohl er eigentlich ganz okay ist. Da haben wir schlimmere Katzen in der Umgebung; zum Beispiel Kater

Leon drei Häuser weiter. Er ist ein nervig knurrender Kamerad. Außerdem hat er eine Konzentrationsspanne von gleich null, was zu ständigen Angriffen führt. Hm, aber dass er jetzt mit Kira auf Nimmerwiedersehen abgehauen ist, finde ich völlig inakzeptabel. Kira! Die schönste Katze der Welt gibt sich mit so einer aggressiven, buschigen Norwegischen Waldkatze ab. Norwegisch, wo bleibt denn da die Katzenehre?! Wir mitteleuropäische Katzen sind viel athletischer! Mit unserem aparten Körperbau bewegen wir uns wie elegante Panther auf Samtpfoten.

Kira ist eine weiße Angorakatze und ziemlich oft bei uns im Garten. Der ist aber auch erfreulich groß. Wir haben eine breite Terrasse mit hellen Steinplatten, die man direkt vom Wohnzimmer aus betritt oder von den Küchenfenstern oder dem Balkon mit einem riesigen Sprung auf den Gartentisch. Daneben stehen bequeme Holzstühle und dazu noch eine lange Bank. Das wahre Prachtstück ist jedoch ein luxuriöses bodenisoliertes Katzenhaus, das wir nachts allerdings nur im Notfall benutzen. In der Regel schlafen mein Bruder und ich bequem im Haus unserer Zweibeiner.

Der angrenzende Garten ist ohne Zweifel der schönste im Dorf. Wenn die Hitze das Gras nicht gerade gelbbraun einfärbt, ist es sattgrün und wirkt wie ein flauschig weicher Teppich auf meine feinfühligen Pfoten. Die alten Apfelbäume schenken mir im Sommer einen erholsamen Schatten, dienen mir jahreszeitenunabhängig als Kratzbaum, sind eine wahre Kletterfreude und runden den Blick harmonisch ab. Unter einem Baum steht eine steinerne Sitzbank, die von bunten Blumen umgeben ist. Hie und da wird sie von uns Katzen für ein Schlummerstündchen genutzt. Am Zaun gegenüber stehen eine winzige Scheune für Gartenwerkzeuge und ein hölzerner Komposter, der manchmal ein wenig streng riecht. Ansonsten könnte mein Paradies nicht schöner sein. Okay, dieser neue, ferngesteuerte Grasfresser nervt unheimlich. Irgendwie ist das Gerät ein gruseliges Ding. Dafür ist er leiser als der riesige Grasfresser. Der zehrt an meinen Katzennerven in überaus unangenehmer Weise. Ich zähle ihn zu den vielen Stressgeräten meiner Zweibeiner.

Huch, bin ich jetzt erschrocken.

»Ja, wo ist denn mein Django?«, fragt meine 16-jährige Zweibeinerin namens Tina, während sie das Wohnzimmer betritt.

Mein rechtes Auge weitet sich praktisch ganz von allein. Nicht falsch verstehen, ich mag meine zwei weiblichen Zweibeiner, Tina und ihre Mutter Sofie, wirklich gern. Sie stellen mir leckeres Essen hin, streicheln mich, kuscheln mit mir – auch wenn ich grad keinen Bock darauf hab – und lassen mich in ihren Betten schlafen. Aber, wie bitte soll ich auf die Frage, wo ich bin, anders reagieren als mit einem schnurrenden Mitgefühl für ihren kurzzeitig kritischen Geisteszustand?

Ansonsten sind meine Zweibeiner toll. Sofie ist eine große, dunkelblonde Frau, die in Menschenkreisen bestimmt sehr gut aussieht. Sie hat ihren Mann bei einem Autounfall verloren, was sie oft traurig stimmt. Das war noch vor meiner Zeit. Deshalb kenne ich ihn nur von Fotos, die beinahe jedes Zimmer zieren. Tina ist Sofies einziges Kind und die beste Katzenflüsterin der Welt. Sie versteht meine Blicke, Miau-Rufe und Körperbewegungen meistens auf Anhieb, na ja, wenn sie nicht gerade mit Teenager-Zeug beschäftigt ist, was Teenager leider zu oft sind. Sie ist eher schlanker Natur, hat braune, lange Haare und einen wilden Lockenkopf. Das Letztere macht ihr oft zu schaffen. Die Locken hat sie eindeutig von ihrem südländischen Vater geerbt, der sie auf den Bildern ganz kurz trägt.

Bei Tinas Kleidung jedoch mache ich mir manchmal ernsthafte Sorgen. Ihre Hosen sind zerrissen und ihre Oberteile erschreckend trüb. Man stelle sich einmal vor, unser Fell läge ausgefranst und matt auf unserer Katzenhaut?! Da stellt es mir ja gleich die Nackenhaare auf! Hm, Sofie wollte einmal eine Jeans flicken. Oh, Katzenhimmel, das gab einen Ärger im Haus. Offensichtlich ist Tina modisch auf dem aktuellen Teenager-Stand.

Sofie arbeitet als Ärztin in einem Krankenhaus. Dort kümmert sie sich um die Gesundheit von Kindern. Das macht sie bestimmt toll. Und Tina geht ins Gymnasium an einem Ort, der viel größer als unser Dorf ist. Sie hasst Hausaufgaben und liebt es, mit uns Katzen zu spielen. Manchmal verfolgt sie uns über den Garten durchs ganze Haus bis hinauf in den Dachboden. Das macht richtig Spaß. Okay, wenn sie sich unbemerkt hinter einer Tür versteckt, ich gelassen über die Schwelle tapse und sie wie ein Monster hervorspringt, finde ich das nicht so toll. Da springe ich schon einmal einen Meter mit ausgestreckten Beinen in die Luft. Gleichzeitig stellt sich mein Fell über der Gänsehaut unangenehm steil auf, meine Augen sind vor Schreck weit geöffnet. Mein Anblick ist bestimmt lustig. Trotzdem müsste sie nicht minutenlang kichern. Die Menschen sind schon komische Wesen. Als keineswegs nachtragender Kater schnurre ich derweilen um sie herum.

Jetzt bin ich wacher als wach und bemerke, dass der Gesang der tanzenden Tropfen an Intensität stark abnimmt. Ich richte mich auf, strecke genüsslich meine Vorderpfoten nach vorne aus und ziehe mich in die Länge. Ein wohliges Zittern durchfährt meinen Körper.

Tina reagiert.

Streicheleinheiten, mm, die sanften Bewegungen ihrer Finger massieren meinen geschwungenen Rücken. Mein Schnurren hört man bestimmt im ganzen Haus ... jetzt muss ich aber los. An der geschlossenen Terrassentür angekommen, stelle ich fest, dass die Katzenklappe wieder einmal nicht funktioniert. Andauernd ziert sich das störrische Ding. Oder ist es, weil ich kein Band um meinen Hals toleriere? Wie auch immer! Wahrscheinlich ist sie kaputt. Der Blick nach draußen weckt in mir jedoch eine Ungeduld, den feinen Duft des weiterziehenden Sommerregens voll und ganz in mich aufzunehmen. Die Sonne scheint bereits auf den nassen Steinboden und kreiert kleine neblige Luftschlösser darauf. Da sprüht in mir die Vorfreude wie die Funken einer Wunderkerze.

Ich kann es kaum erwarten. Tina kommt bestimmt gleich. Ein intensiver Blick in ihre Richtung verändert nichts. Sie blättert urlangsam eine Zeitschrift für Teenager durch. Okay, ich laufe einmal um ihre Füße herum. Nichts. Ich wiederhole es zweimal. Nichts. Ich versuche es ein letztes Mal, wobei ich meine Stirn fest an ihren Unterschenkel drücke. Sie streichelt mich abwesend. Ich laufe ungeduldig zurück zur Tür, starre sie mit meinen grünen Augen an und maunze, so laut ich kann.

Na endlich, sie steht auf und öffnet mir die Tür. Der erdige Geruch berührt meine Nase überaus angenehm. Sogleich fließt er tief in mein Inneres hinein. Er ist unwiderstehlich.

Die Gegend ist katzenleer. Ein prüfender Blick verrät mir, dass auf der Terrasse alles beim Alten ist. Ich hüpfe auf einen Stuhl und beginne mich gründlich zu putzen. Zug für Zug fahre ich mit meiner speichelüberzogenen Zunge über mein rechtes Vorderbein, meine Pfote und meinen Rücken. Der Duft der Natur fließt dabei stetig durch meine Nase. Doch dann mischt sich ein mir vertrauter tierischer Geruch unter den erdigen.

»Feline?«

Meine Nachbarskatze Feline und ihre andersartige Schwester Blume wohnen direkt neben uns, sozusagen Zaun an Zaun. Auch sie haben eine angenehme

Gartengröße mit einem Apfel- und einem Kastanienbaum. Sie müssen ihr Paradies allerdings mit drei jungen Hasen teilen. Katzenhimmel sei Dank, sie sind in einem riesigen Stall eingeschlossen. Ich darf mir nämlich keinen davon schnappen. Sonst gibt es Ärger.

Unsere zwei Gärten grenzen wiederum an einen weiteren Garten an, der zu einem roten Haus gehört. Dort lebt seit Kurzem niemand mehr, was das Gras wild wachsen lässt. Es muss ein Eldorado für die Natur sein. Keine scharfe, todbringende Klinge nimmt den Grashalmen ihre Spitze. Artenreiche Wildblumen und -kräuter werden durch die reichhaltige Bodenflora lebendig. Ein unterhaltsames Meer an bunter Vielfalt vereint sich lebhaft unter der strahlenden Sonne. Nur so ein Gedanke!

Feline springt mit erheblichem Kraftaufwand über den Holzzaun. Sie läuft aufgeregt auf mich zu. Dabei hinkt sie, was zur Folge hat, dass ihre Kruppe mächtig hin und her wankt. Ihr graues, plüschiges Fell bleibt dabei eigenartig bewegungslos. Doch ihre kupfergetränkten Augen leuchten heute verdächtig rot in ihrem runden Kurzhaargesicht.

»Hast du's schon gehört?«

»Was soll ich gehört haben?« Ich gähne mal gelangweilt.

»Whiskers ist fort.«

Schlagartig überfällt mich eine Unruhe. Ich springe auf meine Pfoten, frage: »Wie lange?« und hüpfe zu Feline auf den Boden.

»Zwei Tage.«

»Das kann nicht wahr sein!«

»Ist es doch«, erwidert Feline beleidigt, weil eine Katze niemals lügt. Das wäre absolut unter ihrer Würde.

»Meinst du, dass Kira, Leon und Whiskers zusammen irgendwo ein besseres Zuhause gefunden haben?«, wundere ich mich.

»Kann ich mir nicht vorstellen.«

»Warum nicht?«

»Kiras Zweibeiner stehen auf dem von ihr frei erfundenen goldenen Podest mit Auszeichnung. Das weißt du doch!«

Ich stimme zu, weil ich mich gut an Kiras Schwärmereien erinnern kann.

»Ihr Gelaber bringt doch jeden hier zur Weißglut«, bemerkt Feline genervt.

Katzenherz, bleib ruhig! Eine verdichtete Energie nähert sich uns. Feline stellt sofort ihre kurzen Haare auf. Gleichzeitig krümmt sie ihren Rücken nach oben. Ihr Hinterteil stellt sich quer zur Gefahr, worauf sich ihre dicke, grob verwachsene Narbe am linken Oberschenkel warnend vor meinem Gesicht hin und her bewegt. Ich folge ihren weit aufgerissenen Augen und entdecke den abgemagerten braunen Kater, der sich ohne ersichtliche Angst in unsere Richtung schleppt. Feline zeigt nun fauchend ihre Zähne, und das, obwohl Britisch-Kurzhaar-Katzen normalerweise einen geselligen, entspannten Charakter aufweisen.

»Der schon wieder«, betone ich knurrend, um Feline Rückendeckung zu geben.

»Ich hasse ihn.«

Der fremde Kater sucht eine neue Heimat, aber weder Feline noch ich wollen Zuwachs in unserem Zuhause. Wir müssen ihn in seine Schranken weisen, auch wenn er einem fast ans Katzenherz geht. Nur fast!

»Dein Garten, dein Problem!« Feline entfernt sich vorsichtig in Richtung Heimat.

Na toll. Jetzt muss ich wieder der Böse sein. Das Dumme ist, dass sich dieser Kater weder von meiner jugendlichen Eleganz noch von meinem tiefen Knurren in die Flucht schlagen lässt. So sitzen wir beide manchmal für gefühlte Stunden mit einem angemessenen Abstand auf der Terrasse. Was für eine Zeitverschwendung. Trotzdem will ich verhindern, dass er in die Nähe der Katzenklappe kommt.

Nach einer längeren, aber erfolgreichen Partie von abwartendem Anstarren, Fauchen und Knurren hielt ich am Nachmittag doch noch ein gemütliches und überaus notwendiges Schläfchen. Ausgeruht und mit vollem Magen geht es sofort in die Freiheit der Natur. Dort entdecke ich die Sonne, die sich gleißend dem orangeroten Horizont nähert, was mich auf eine vielversprechende glasklare, mystische Nacht vorbereitet.

Mit mystisch meine ich keineswegs eine transzendente, übersinnliche Erfahrung, wie es Felines jüngere und andersartige Schwester Blume philosophisch interpretieren würde. Ich spreche von einer geheimnisvollen, abenteuerlichen Stimmung, die mich aufmerksam unter den Augen des Mondes wandeln lässt.

»Wann treffen wir uns?«

Katz oh Katz, hat Maximus mich jetzt erschreckt! Ich denke gerade noch an die hochsensible Blume und ihre philosophisch merkwürdigen Auswüchse und schon will mein langweiliger Bruder wissen, wann sich der Katzenrat heute trifft.

»Wie immer bei Einbruch der Dunkelheit!«

Ich streife jetzt erst einmal durch das gelbgrüne, zentimeterhohe Gras in unserem Garten, schnüffle nach fremden Gerüchen und lege meinen eigenen ab. Danach geht es in den Nachbarsgarten mit dem roten Haus, wo derzeit keiner wohnt. Pfote für Pfote tauche ich in das hohe Gras ein. An manchen Stellen ist es am Boden überraschend feucht. Zu nass für meinen Geschmack. Ich schüttle es sofort ab. Einige Male muss ich deshalb meine Erkundungstour unterbrechen.

Das Gras duftet vorzüglich nach Löwenzahn, Gänseblümchen und Blauem Heinrich, dennoch ist es überall durchzogen von den Gerüchen vorheriger Vierbeiner, die wie ich die Macht ihrer Duftmarke präsentieren wollen. Da sich jeder Grashalm automatisch mit der Würze des Vorbeiziehenden färbt, muss ich viele dieser Aromen auf einmal tolerieren. Jede Berührung ist für mich von besonderer Bedeutung. Keiner weiß, wer am Ende der König des neuerdings verlassenen Gartens wird. Ich gehe einfach mal davon aus, dass ich es bin.

Als der Schatten der Nacht meine Heimat in seine dunkle Gestalt einhüllt, laufe ich in Richtung Wald. An der uralten Eiche sehe ich die um Kira und Whiskers geschrumpfte Gruppe unruhig mit den Pfoten auf den Boden tapsen. Felines, Blumes, Chicos und Maximus' Köpfe schnellen in meine Richtung, als sie meinen Duft wittern. Je näher ich komme, desto deutlicher fängt mich ihr vom Stress getränkter Geruch ein.

»Was ist los?«

»Wir machen uns wegen Kira und Whiskers Sorgen«, erklärt Chico, unser neuestes und noch unerprobtes Mitglied.

»Du malst furchtbare Bilder in unsere Köpfe!«, beschwert sich Blume, die sich ängstlich an den dicken Baumstamm der Eiche drückt. Ihre große Statur verschwindet beinahe hinter den weit herunterhängenden, mit jungen Eicheln und grünen Blättern vollen Ästen.

»Chico hat schon recht«, behauptet Feline. »Mit Leon sind es drei vermisste Katzen innerhalb von drei Wochen. Mit ihnen kann alles Mögliche passiert sein.«

Blume miaut vor Angst.

»Blume«, rutscht es mir zu hart und zu knurrend heraus. Ich verstehe ihre Angst durchaus. Mir ist ebenso unwohl bei dem Gedanken, was mit den dreien passiert sein könnte. Deshalb schlage ich vor: »Wir müssen herausfinden, was da vor sich geht.«

Blume zittert am ganzen Körper. Obwohl sie eine kräftige Katze ist, fürchtet sie sich vor allem, sogar vor dem fiktiven schwarzen Geist, der laut den Dorfkindern im Wald leben soll. Wer weiß, was Blume vor der Zeit im Tierheim alles erleben musste? Kein Wort ist aus ihr herauszuholen. Auch Zweibeiner können schwarze Monster sein.

»Was soll da schon vor sich gehen?«, entgegnet Maximus gelassen.

Blume tritt vorsichtig aus dem Schatten der Eiche. Ihr schwarz-grau-weißes Fell schimmert glänzend im Mondlicht. Aufs Neue erstaunt mich ihre prachtvolle Maine-Coon-Erscheinung, die von der Besonderheit eines einzigen orangen Streifens untermalt wird. Er zieht sich von der Nase über das rechte Auge entlang zur Stirn. Außerdem wirkt sie alles andere als hasenfüßig. Ihre breite Brust unterstützt ihre ausgeprägte Muskulatur in perfekter Harmonie. Ihre langen Ohren schließen erhaben mit einem hellen Haarbüschel ab. Nur ihre großen, goldenen Augen verraten ihr unsicheres, scheues Wesen. Doch ihre dunkle, buschige Schwanzspitze macht ihren aktuellen Unmut mit wechselnden Bewegungen deutlich.

»Fällt euch nichts auf?«, fragt Feline.

»Nein«, erwidert Maximus.

»Alle drei sind gesunde, ausgewachsene Katzen, die sich noch nie ernsthaft über ihre Zweibeiner beschwert haben.«

»Und?«

»Keine Beschwerde heißt ein gutes Zuhause. Gesund bedeutet, dass sie leckeres und vor allem ausreichend Essen erhalten.«

»Es wird doch nicht das schwar...«

»Blume!« Jetzt bin ich gereizt. »Es gibt kein schwarzes Monster im Wald und schon gar keines, das Katzen verschwinden lässt.«

Feline nickt zustimmend. »Also, warum sollten sie abhauen? Warum gemeinsam, wo Leon nicht gerade unser Freund ist?«

Maximus verzieht seine Schnauze. Er hat keine Antwort parat. Blume hat ebenso keine Ahnung und verzieht sich beleidigt zurück in den Schatten der Eiche. Katzenärger, ich wollte sie in keiner Weise kränken, aber welche Katze, bitte, glaubt an fiktive schwarze Monster?! Egal, wir müssen handeln. Ich erwidere: »Du hast recht, Feline, da geht etwas Eigenartiges vor.«

»Was können wir tun?«, will Chico wissen, als er einen Schritt auf mich zugeht und prompt über eine Baumwurzel stolpert. »Ich, ich ...«

Entgeistert beobachte ich ihn, wie er sich mit einem ausgesprochen starken Willen, dennoch ungeschickt aufrichtet. Es dauert. Katzenhimmel sei Dank, er steht wieder sicher auf seinen ovalen, eher klein geratenen Pfoten.

Er blinzelt unangenehm schnell und viel, was seine blauen Augen im eng anliegenden Haar seines dunklen Gesichts beinahe verschwinden lässt. Seine Ohren, Pfoten und sein Schwanz sind ebenso schwarz. Der Rest des Fells ist cremefarben und elfenbeinweiß. Ich gebe zu, seine Zeichnung strahlt im Gegensatz zu seinem Verhalten Eleganz aus.

»Ich bin gerade erst dabei, in meiner neuen Heimat all die Gärten, Tiere und Zweibeiner zu erkunden. Das ist furchtbar anstrengend. Überall lauert Gefahr. Gestern kam mir ein brauner Hungerhaken entgegen. Das ist ein hinterlistiger Kater!«

»Hinterlistig?«, stelle ich infrage, da sich der Heimatsuchende bei mir stets regelkonform verhält.

»Er ist mir bestimmt unauffällig hinterher. Daheim lag ich gemütlich im Bett meines Zweibeiners, als ich das schaufelnde Geräusch am Napf hörte. Ich lief zur Treppe. Vor lauter Schreck übersah ich eine Stufe und rutschte sie bis zum Hausgang hinab. Meine gefletschten Zähne beeindruckten ihn nur wenig. Es dauerte ewig, bis ich ihn über die Katzenklappe hinausbeförderte.«

Feline stimmt zu: »Mich nervt der auch tier…«

»Mir fehlt Whiskers«, unterbricht Blume ihre Schwester mit bebender Stimme. »Wir sind wie Yin und Yang. Jeden Morgen begrüßten mich seine mintgrünen, strahlenden Augen an der Wohnzimmertür. Sein dichtes Fell besitzt die reinste seidenweiche Textur, die ich kenne. Er ist muskulös und schlank. Er ist mein Freund, mein Licht in der Dunkelheit.«

»Yin und Yang?« Chico verzieht seine Schnauze.

Feline lacht. »Du musst wissen, unsere Zweibeinerin lebt allein, also nur mit uns, und ist eine Yogalehrerin, Malerin, Teilzeit-Sekretärin und begeisterte Leserin. Sie liest uns oft stundenlang aus Büchern vor. Blume nimmt sich die Worte schwer zu Herzen.«

»Das hört sich geradezu grausam an!«

»Ganz und gar nicht. Wir kuscheln uns in ihr extrabreites Bett und sie liest und liest. So reisen wir gedanklich oft in andere Länder und lernen andere Kulturen kennen. In Ägypten zum Beispiel sind wir Katzen heilig. Dort werden wir als Götter verehrt.«

In Ägypten werden Katzen als heilig angesehen?! Tina munkelt, dass mein Vater eine ägyptische Tigerkatze ist. Hm, vielleicht ist er auch heilig? Und somit bin ich heilig! Mein Herz nimmt an Fahrt auf.

Blume schleicht sich erneut aus dem Schatten zu uns. Ihre goldenen Augen funkeln. »Das war früher mal so, Feline. Du hörst auch gar nicht richtig zu.«

Feline zuckt gelassen mit den Schultern.

Dabei fällt mir Kira ein, die so schön wie eine Göttin ist. »Kira ist meine …« Was wollte ich gerade sagen? Kira ist meine Freundin?! Ein SAM-Kater – stolz, außergewöhnlich und mitteleuropäisch – hat keine Freundin.

»Was?«, fragt Feline nach.

»Sie gehört zu uns«, erkläre ich mit gedämpfter Stimme.

»So wie Whiskers«, betont Blume.

Die Maine Coon sind halt anhängliche Katzen.

»Also rufen wir den Katzenalarm aus?«, quietscht sie in Aufregung.

»So ist es, Blume«, stimme ich als Vorsitzender des Katzenrats zu.

»Was ist denn ein Katzenalarm? Ich komme aus einer Großstadt. Dort gibt es keine Katzenratsversammlungen und keine Alarme«, wundert sich Chico.

»Vor Monaten mussten wir zum ersten Mal den Katzenalarm ausrufen, weil fremde Zweibeiner ein lecker riechendes Futter in der Wiese auslegten. Ich schnappte mir ein wenig davon und war danach derart schwach, dass mich beim Überqueren der Straße ein Auto am Oberschenkel erwischte«, erklärt Feline.

»Deshalb hinkst du!« Chico blinzelt mitfühlend.

»Deshalb, ja. Trotzdem hatte ich riesiges Glück. Mehrere Katzen starben daran.«

»Konntet ihr da wirklich etwas ausrichten?«, zweifelt Chico.

»Natürlich«, erwidere ich, erneut zu knurrend für meinen Geschmack.

Da springt Chico ängstlich zurück, bleibt mit den hinteren Beinen an derselben Baumwurzel hängen und fällt mit der Kruppe voran rückwärts darüber. Es ist unerträglich unangenehm, ihm zuzusehen, wie lange er braucht, um erneut auf seine Pfoten zu kommen. Mehrmals rutscht er an einer herausstehenden Wurzel ab und plumpst auf den Boden. Ich sollte wohl ein paar beruhigende Worte zu ihm sprechen.

»Ist schon gut, Chico. Ich tue dir nichts. Du bist ein Mitglied des Katzenrats und somit ein Freund.«

Chico ist erleichtert. So ein tollpatschiger Kater braucht definitiv Unterstützung in einer neuen Welt wie der unseren. Raubtiere können sich riechen oder eben nicht. Wenn das Letztere der Fall ist, hat man hie und da einen guten Freund nötig, vor allem nachts, wenn die Dunkelheit die finsteren vierbeinigen Individuen zum Leben erweckt.

Am nächsten Morgen läuft alles wie gewohnt. Tina beeilt sich, um rechtzeitig zur Schule zu kommen, während ich gemütlich vom Wohnzimmer in das Esszimmer marschiere, wo Sofie beim Frühstücken sitzt. Ich hüpfe auf einen freien Stuhl und daraufhin auf die hintere Hälfte des lang gezogenen Tisches. Dort darf ich mich gemütlich hinlegen, um in Ruhe die Lage zu erkunden. Obwohl morgens der Blick auf das Essen eher weniger ansprechend ist. Trotzdem schnurre ich mal vorsichtshalber. Sofie krault mich am Hals. Mm ... Ein Erfolg vielleicht von zweien?

»Ich habe dir die Reste von Sofies Haferflocken ins Näpfchen gelegt.«

Habe ich das gerade richtig verstanden? Ich genieße für einen weiteren Moment die angenehme Massage meines Nackens.

Dann springe ich vom Tisch und sehe mir meine Futterschüssel genauer an. Aha! Das Aufstehen hat sich gelohnt. Tina hat mir ein bisschen was übrig gelassen. Lecker!

Ich schaufle hastig in mich hinein, sodass mir Maximus nichts wegnehmen kann. Selbst im ersten Stock riecht er den Duft von in Milch eingeweichten Haferflocken. Heute muss er wohl tief schlafen. Kein Maximus ist weit und breit in Sicht.

Der Napf ist leer und ich verspüre immer noch einen Hunger. In der Küche räumt Sofie die Spülmaschine ein. Ich streife um ihr Bein und drücke mich fest dagegen. Sie krault meinen Rücken.

»Das war zu wenig, oder, Danjgo?«

Ich miaue zustimmend, laufe auf die Katzenfutter-Tür zu und starre sie an. Sie holt eine gelbe Dose heraus, öffnet sie und legt mir das Futter in den Napf. Der Duft von saftigem Huhn entzückt meine Nasenhöhle. Ich schaufle. Mmh, lecker!

»Du weißt, dass du ohne Halsband nicht durch die Klappe durchkannst?«, bemerkt Sofie, als sie ihre Tasche von der Kommode nimmt. Sie ist wohl kurz davor, in die Arbeit zu fahren.

Hm, und du weißt, dass ich keine Halsbänder trage. Ich miaue, aber sie versteht kein Wort. Auch Maximus streift jedes Halsband ab. Der hätte sich neulich beinahe daran aufgehängt. Da blieb er doch glatt mit seiner Pfote zwischen Hals und Band hängen. Ich musste so viel lachen, dass ich beinahe von der Couch gefallen wäre. Im Gegensatz zu Tina, die sich ernsthafte Sorgen um Maximus machte.

Seitdem mein Bruder und ich bei Sofie und Tina leben, sind wir es gewöhnt, dass sie uns zu jeder Tageszeit Dosen, Türen und Fenster öffnen. Jetzt plötzlich wollen sie nachts durchschlafen. Na ja, Maximus und ich wollen ja nicht die ganze Nacht draußen bleiben. Ein nächtliches Nickerchen im kuscheligen Daheim tut schon gut. Versteh einer die Zweibeiner!

Mit vollem Magen mache ich mich auf den Weg zu meiner derzeitigen Lieblingsstelle im Bad im ersten Stock. Dafür liegt eine dicke Decke in der Badewanne. Dort entdecke ich Maximus, der auf dem grauen Teppich vor der Dusche liegt. Er sieht mich mit einem weit aufgerissenen Auge an. Doch gleich darauf schließt er es, beruhigt über den bekannten Störenfried. Ein intensives Gähnen folgt. Er überkreuzt seine Pfoten, steckt seine Nase tief darunter und gurrt genüsslich. Ich springe derweilen auf den Badewannenrand, checke die Lage unter mir ab und lasse mich mit allen vier Pfoten auf die Decke fallen. Sanft sinke ich hinein.

Da überkommt mich der Drang zu einer Säuberung und ich beginne mit der rechten Pfote. Zug für Zug streife ich mit der Zunge zwischen und über meine Fußballen. Die Pfote ist sauber. Es zwickt am Rücken und ich widme mich ihm. Nach einer Weile fühlt sich mein Körper äußerst gut an. Ich lege mich wie eine Sichel mit ausgestreckten Beinen auf den Rücken und atme tief durch. Es ist eine angenehme Position. Mit geschlossenen Augen zähle ich meine schlafbringenden Schäfchen, doch Kira spukt in meinem Kopf herum. Kein Schäfchen schafft es über das Gatter. Ich seufze tief.

»Denk heute Abend an unser Treffen«, bemerke ich und wecke damit Maximus erneut auf.

»Warum?«, erwidert er genervt.

»Weil der Katzenalarm ausgerufen wurde.«

»Das heißt?«

Oh, Katzenhimmel, bei meinem Bruder habt ihr ein paar Gehirnzellen ausgelassen. Oder vergessen? Wer weiß das schon.

»Das heißt, dass wir uns von heute an jeden Abend treffen, bis die Gefahr vorüber ist.«

Maximus seufzt theatralisch laut.

Das wiederum soll heißen, dass ich meine Schnauze halten soll: Er will schlafen.

Ich gebe mich nun voll und ganz Kira hin. Ich gurre genüsslich, als ihre elegante weiße Statur in meinem Geist herumspaziert. Sie lächelt mich an. Oh, Katzenhimmel, ist sie schön! Ich stelle mir vor, wie wir Seite an Seite unter den wachsamen Augen des Mondes durch die derzeitigen Steppen ziehen. Ihr glattes Fell glänzt wie die reinste Seide. Anmutig tragen ihre langen, schlanken Beine ihren grazilen Körper. Ihr buschiger Schwanz ist entspannt nach oben gerichtet. Sie fühlt sich bei mir wohl.

Maximus schreckte schon einige Male fauchend aus dem Schlaf. Bei ihm gibt es wohl keine anmutigen Katzen, sondern lediglich die kampflustigen Feinde aus unserer Gegend. Er ist halt Maximus, der mutige Krieger unserer Katzenwelt.

Wie komme ich jetzt nur von der schönen Kira auf Maximus? Meine Gedanken sind mir zu wenig vorhersehbar. Ich rolle mich ein und schließe meine Augen. Kurz darauf übermannt mich der Schlaf. Allerdings kann er nicht lange angehalten haben. Als ich meine Augen öffne, höre ich Maximus im Schlaf gurgeln, was darauf hindeutet, dass er immer noch vor der Dusche liegt. Im Haus ist zudem kein Mucks zu hören. Tina ist bestimmt noch in der Schule und Sofie in der Arbeit.

Ich räkle mich und dehne achtsam meinen Körper. Meine Krallen fahren mit üblicher Energie aus und ein. Dann beginne ich meine Erkundungstour mit einem Sprung über den Badewannenrand. Maximus schläft tief und fest. Über den Gang laufe ich die Treppe hinunter und stelle erneut zufrieden fest, dass mein Bruder und ich ein schönes Zuhause haben. Viele Zimmer ermöglichen uns zahlreiche gemütliche Schlafplätze. Je nach Laune ändert sich unsere Vorliebe für einen Ort der Erholung.

Ich erreiche die braune Holzküche, die durch stets offene Schiebetüren in ein lang gezogenes Esszimmer mündet, welches wiederum an ein geräumiges Wohnzimmer angrenzt. Der offene Kamin darin sieht hübsch aus, aber ein gigantisch großer, beiger Kratzbaum macht den Raum erst so richtig perfekt. Sofie hätte das Haus nicht schöner einrichten können. Mal abgesehen von den alten Naturholzmöbeln, sind die Schränke und Kommoden zumeist weiß, kombiniert mit einer grauen, gemütlichen, U-förmigen Couch, die sich zum Flimmerkasten hin öffnet. Der Letztere ist mir natürlich egal, aber die ausladenden Fenster geben mir eine gute Sicht nach draußen, wodurch ich die Lage bestens im Überblick behalte. Hier habe ich ein tolles, emotionales Katzenkino.

Eigentlich kommen Maximus und ich aus einem Bauernhof. Wir sind tatsächlich Brüder aus einem Wurf, wobei sein und mein Vater niemals der gleiche Kater sein kann. Wir haben so gut wie nichts gemeinsam. Unsere Mutter verließen wir so früh, dass ich mich nur noch vage an sie und ihre leckere Milch erinnern kann. Wir erkundeten mutig die Welt mit Kühen, einem kleinen Hund, Gänsen und Hühnern, und wenn uns zu viele Gefahren auf einmal begegneten, kuschelten wir uns an Mama.

Jetzt kuschle ich mich an Sofie oder Tina. Sie haben Mamas Rolle praktisch übernommen. Unser Alter spielt dabei keine Rolle. Wo kämen wir Katzen denn hin, wenn wir nicht von Zeit zu Zeit kleine Kuschelmonster – so nennt mich Tina – wären?! Obwohl Maximus die ersten Monate überhaupt keinen Bock auf Kuscheln und Bussi-Attacken hatte. Er sträubte sich wie ein Blitzableiter. Doch dann beobachtete er mich mit einem interessierten Auge und bemerkte, dass ich nicht nur aus Dankbarkeit für Dosen- und Türöffnen schnurrte. Der Trottel musste es dummerweise nachmachen und jetzt stiehlt er mir hie und da wertvolle Kuschelzeit, weil meine Zweibeiner ihn anstatt mich streicheln müssen. Na ja, manchmal, wenn ich ihn deshalb gar nicht leiden kann, verliert er dafür ein paar Haare. Zu Hause bin natürlich ich der Stärkere von uns beiden!

Zurück im Eingang, bemerke ich, dass der Napf leer ist. Was soll's. Ich schleiche in den Keller, wo ich in einem beispiellos sauberen Örtchen mein Geschäft verrichte. Ich kann ja wegen der störrischen Klappe nicht nach draußen. Ich probiere es gleich gar nicht, sonst muss ich mich nur aufregen. Irgendwann trete ich das Ding doch noch ein.

Ups! Ich höre den Schlüssel im Schloss und fetze Tina entgegen. Sie kommt bestimmt von der Schule nach Hause. Keine Zeit zur Begrüßung. Die Tür ist am Zufallen. Puh, gerade noch durch. Jetzt bin ich draußen. Es ist überdurchschnittlich heiß. Da halte ich mich auf der Terrasse an der Wand entlang im Schatten und springe über die restlichen, aufgeheizten Steinplatten auf die Wiese. Dort lege ich mich auf die Steinbank unter dem Apfelbaum.

Jetzt wird gesäubert. Bei den Pfoten angefangen, gehe ich zum ganzen Körper über. Behutsam ziehe ich meine Zunge mit extra Speichel über mein dünnes Sommerfell an Vorderbeinen, Rücken, Bauch und mit der angefeuchteten Pfote über Ohren, Augen und Stirn. Ah, der extra Speichel kühlt. Ein Katzenkörper ist zwar hochkomplex, aber dafür wunderbar ausgestattet. Trotz eigenartig weniger Behaarung meiner Zweibeiner wird ihnen um ein vieles heißer als mir. Zumindest kommt es mir oft so vor. Ich gurre in Zufriedenheit, ein Kater zu sein, und versinke für eine Weile in dieser Emotion.

Etwa eine halbe Stunde später startet meine Erkundungstour. Mit einem intensiv nach mir duftenden Fell macht es gleich viel mehr Spaß. Ich springe über den Zaun zu Felines und Blumes Zuhause und blicke durch die Wohnzimmertür hinein in ihr Reich. Ein unangenehmes, doch bekanntes Geräusch durchzieht meinen Gehörgang. Ich hasse dieses Stressmobil! Trotzdem hüpfe ich auf den grauen Terrassentisch, dem Geräusch folgend. Dort sehe ich Klara – Felines und Blumes Zweibeinerin – den Boden staubsaugen. Sie hat graue Haare und ist definitiv älter als Sofie. Trotzdem ist sie superfit. Manchmal sehe ich sie im Dunkeln mit Yogahose und flatterndem T-Shirt durch den Garten tanzen. Hm, so alt kann sie dann wahrscheinlich auch noch nicht sein. Der alte Herr vom roten Haus nebenan bewegte sich am Ende nur noch mit einer steifen, fast leblosen Haltung.

Klara ist eine echt nette Zweibeinerin. Sie kümmert sich liebevoll um Feline und Blume, so wie Maximus und ich hie und da ein paar Streicheleinheiten und, noch besser, Leckerlis bekommen. Sie weiß genau, was wir mögen. Ihr Haus ist ein bisschen kleiner als das unsere, dennoch ähnlich gebaut. Ihre offene weiße Holzküche mündet direkt ins Wohnzimmer, wo gleich zwei unterschiedlich große Kratzbäume stehen. Die wenigen Zimmer, die ich bei meiner ersten, heimlichen Erkundungstour im Haus finden konnte, sind groß und geräumig. Doch in einem steht eine riesige, furchterregende Steinfigur. Er oder sie muss ein eigenartiges Mischwesen sein. Der Kopf ist von einem Elefanten und der Körper von einem Menschen. Der Bauch ist dick. Wer stellt sich denn so etwas Gruseliges ins Haus? Mir war beim Anblick solch einer Kreatur gleich ganz anders zumute. In diesen Raum gehe ich nie wieder, obwohl ich mich ansonsten dort sehr wohlfühlte. Ein feiner Geruch lag in meiner Nase und die Yogamatte ist perfekt zum Krallenstärken.

Feline ist außerhalb meiner Sichtweite, wahrscheinlich wegen des Stressmobils. Durch das offene Fenster wird der quietschende Ton unerträglich laut und ich sprinte los, einmal durch ihren Garten rüber ins wild gewachsene Nachbarsgras.

Der alte Mann ist ja seit einiger Zeit nicht mehr in unserer Welt. Trotzdem kann ich ihn noch gut riechen. Er war nett, obwohl seine starren Hände ziemlich unsanft mein Fell streichelten. Es war, als ob seine Finger in ihrer Steifheit zu Eis gefroren wären. Das zumindest bildete sich Feline ein. Trotzdem lag sie oft stundenlang schnurrend auf seinem Schoß.

Heute ist das hohe Gras durch und durch trocken. Wie angenehm! Ich lasse das rote Haus hinter mir und galoppiere über eine abgemähte Wiese in Richtung Maisfeld. Dahinter liegt der Wald, der mir durch die halb ausgewachsenen Maisstängel zum Teil verborgen ist.

Huch! Eine Maus hüpft mit Schwung in ein staubiges Loch. Sie ist gesund und regt meinen Appetit an. Soll ich oder nicht? Hmm, Sofie und Tina ist es zuwider, wenn ich eine Maus mit nach Hause bringe. Wie sie mich schimpfen! Indessen bringe ich ihnen das Futter ja praktisch vor die Tür. Sie öffnen mir mit Kraft eine Dose und ich zeige stolz mein Jägergeschick.

So ist das halt in Katzenkreisen. Eine erlegte Maus ist eine Trophäe und Sinnbild für unser erfolgreiches Raubtierdasein. Je mehr Trophäen, desto mehr Ansehen. Das ist doch klar! Und wie sie sich erst bei einem Vogel aufführen?! Das liegt außerhalb meines Verständnisses, da wir ja sowieso nur die kranken oder kleinen erwischen. Was ist da, bitte, das Problem?! Wir schaffen lediglich einen natürlichen und gesunden Vogelbestand.

Maus hin, Maus her, ich laufe zur großen Eiche, die mit einem Nimbus-ähnlichen Schein im Licht der späten Mittagssonne steht. Da fällt mir auf, dass mich die Hitze ermüdet, und ich lege mich im Schatten der weit herunterhängenden Eichenblätter eingerollt zwischen Baumwurzeln auf den Boden. Der Stamm wirkt kühlend auf meinen Körper. Es ist der perfekte Platz für ein Nickerchen.

Nach einer ausgiebigen Mahlzeit im trauten Heim mache ich mich an diesem Tag erneut auf den Weg zur Eiche. Alle sind bereits vor Ort und, wie in der letzten Zeit üblich, ein wenig unter Stress.

»Hey«, begrüße ich den versammelten Katzenrat; derzeit bestehend aus Feline, Blume, Maximus, Chico und meinem hochwohlkatzengeborenen Geschöpf.

»Hast du schon einen Plan?«, fragt Feline aufgeregt.

»Nein«, erwidere ich, verwundert über ihre Eile, da ihre Art eigentlich einen geduldigen Charakter besitzt.

»Ich habe Angst«, strömt Blumes zitternde Stimme unheimlich aus dem Schatten der Eiche.

Ich atme tief durch. »Vor dem schwarzen Monster?«

»Was mit Whiskers passiert sein könnte! Ich, ich lie…«

Oh, Katzenhimmel! Jeder von uns weiß, dass sie mehr als in Whiskers verschossen ist. Aber gleich Liebe?!

»Whiskers geht es bestimmt gut«, versichere ich ihr ohne unterstützende Anhaltspunkte.

»Meinst du?«

»Ja.«

Blume tritt aus dem Schatten heraus. Ihre goldenen Augen leuchten im Mondlicht. »Du bist der Spurenjäger.«

»Ich bin was?«, entfährt es mir knurrend.

»Spurenjäger?«, stellt auch Chico infrage. »Du jagst Katzenspuren?«

»Nur wenn sie durch mein Revier laufen.«

»Was bedeutet Spurenjäger?«, will Chico wissen und spricht mir damit aus der Seele.

»Django jagt die Spuren eines Verbrechens, ohne die Gefahr zu scheuen«, erklärt Feline aufgeregt. »Er fand den Zweibeiner, der das Gift für uns auslegte.«

Jetzt gefällt mir die Sache schon besser. Ich bin der Spurenjäger, der sich von keiner Gefahr abschrecken lässt. Meine Pfoten beginnen bei diesem Gedanken ein wenig zu zittern. Ich springe in die Höhe, um unauffällig die Furcht aus meinem Körper zu schütteln. Dabei erschrecke ich Blume derart heftig, dass sie mit einem Aufschrei zurück in den Schatten springt. Sie ist einfach zu sensibel für unsere Welt.

»Hast du einen Plan, Django?«, fragt Chico, als ob ein Sprung in die Höhe einem Geistesblitz gleichkäme.

Hm. »Wissen wir genau, wann Kira, Leon und Whiskers verschwunden sind?« Ich zögere das Unvermeidbare noch ein wenig hinaus.

»Du meinst das Datum?«, will Maximus wissen.

»Nein, die Uhrzeit, Schlaumeier!«

»Soweit ich weiß, passierte es immer nachts«, gibt Feline an.

»Dann sollten wir uns nachts auf die Lauer legen.«

Chico blinzelt unerträglich schnell. Seine blauen Augen wirken wie kleine Monster, die sich jeweils nur für Sekunden ihrer Umgebung zeigen. Er hüpft mit Schwung auf seine Pfoten und fällt. Ich kann es nicht glauben! Was ist mit diesem Kater nur los? Ich dachte, dass eine Katze ausschließlich auf den Pfoten landet. Er nicht! Er schafft es, ständig auf seine Kruppe zu plumpsen. Vielleicht hat er von Geburt an eine kaputte Hüfte oder kaputte Füße oder Pfoten? Wer weiß das schon.

»Auf die Lauer legen?«, stottert Chico.

»Keine Angst«, beruhige ich ihn. »Wir machen das jeweils zu zweit. Keiner muss sich der Gefahr allein aussetzen.«

»Du meinst im Team?«, will Blume auf einen Schlag mit fester Stimme wissen.

»Genau, Blume. Also, Maximus und ich, Feline und Blume, Chico und … und …«

»Und du! Wenn du schon der Spurenjäger bist, kannst du auch die Mehrzahl an Wachen übernehmen«, fordert Chico.

Chico ist kurzzeitig selbstbewusst; zu selbstbewusst für meinen Geschmack. Mir ist bei dem Gedanken unwohl, mit Chico eine Nachtwache zu halten. Bei Gefahr sehe ich sicher nur noch seine Kruppe.

Na ja, wenn er zum Sprinten überhaupt fähig ist. Wahrscheinlich rutscht er im Gras aus, stolpert über einen dünnen Halm und verletzt sich am Fußballen.

Aber auch Feline hat keine zuverlässige Partnerin. M-hm, vielleicht sollte ich ebenso mit ihr Nachtwache halten? Aber dann komme ich ja gar nicht mehr zu einem nächtlichen Schläfchen.

»Wer fängt an?«, will Maximus wissen, der niemals ein Wort zu viel spricht.

»Immer der, der fragt«, erwidert Feline grinsend.

Voll in die Falle gelaufen. Na ja, wir sind ja ein Team und ich sollte eh den Anfang machen. Muss ja ein gutes Vorbild sein.

»Was ist mit uns?«, fragt Blume.

»Ihr solltet nachts zu Hause bleiben. Nur zur Sicherheit.«

Blume nickt. Auch Feline und Chico sind damit einverstanden.

Doch als sich der Katzenrat auflöst, erklärt Chico, dass er sich auf jeden Fall noch die Beine vertreten muss, bevor er nach Hause zu seinem Zweibeiner Christian geht. Die Beine vertreten! Was soll das in seinem Fall bitte heißen? Übers Gras rutschen? Von einem Mais erschlagen werden? Beim Klettern vom Baum fallen? Die Wurzeln übersehen und mit Karacho darübersegeln? Beim Sprung über einen Zaun daran hängen bleiben? Ich habe keine Ahnung. Mir ist unwohl dabei, was ihm alles passieren könnte.

Ein Rundblick verrät mir, dass ich zu lange in meinen Gedanken verweilt bin. Außer mir ist keine

Katze mehr anwesend. Auch Maximus ist weg. Dieser Trottel! Warum bestraft mich der Katzenhimmel mit so einem Bruder?! Wir müssen doch Wache halten! Ich rufe ihn. Keine Antwort. Klar, sein Duft ist über alle Berge.

Ich mache mich auf den Weg ins Dorf, als ich Maximus fauchend vorm Maisfeld entdecke. Gleichzeitig baut sich zwischen den Maispflanzen zähnefletschend ein fremder Kater auf. Sein starrer Blick ist auf Maximus gerichtet, der ihn mit der gleichen Bedrohung erwidert. Ich gebe zu, mir ist dieser Kater ebenso zuwider. Ich lege meine Ohren flach auf den Kopf und zeige knurrend meine jungen, starken Zähne. In geduckter Haltung schleiche ich mich seitlich an das Maisfeld heran. Da miaut der fremde Kater verdächtig ängstlich und haut ab. Ob es mein gekonnt angeschlagener tiefer Ton war, der ihn abschreckte, oder die eiserne Einheit zweier Brüder? Wer weiß das schon. Maximus bleibt zu meiner Überraschung still neben mir. Normalerweise jagt er jedem übel riechenden Kater hinterher.

»Wir müssen gemeinsam die Stellung halten«, beschwere ich mich, sobald der Feind außer Sichtweite ist.

»Wo fangen wir an?«

»Blume meint, dass sich Whiskers oft auf der Wiese gegenüber der Kirche aufgehalten hat. Vielleicht beginnen wir dort, die Gegend zu erkunden?«

Und schon sind wir auf dem Weg von Garten zu Garten bis hin zum Dorfkern, wo ein kleiner

Supermarkt und eine Kirche stehen. Dort ist alles ruhig. Von Weitem sehe ich ein paar nichtssagende Katzen aus dem Nachbardorf umherschleichen, die uns bewusst ignorieren. Nur Maximus ist eisern in Kampfeslaune und rennt wie von der Tarantel gestochen über die Wiese auf einen Kater zu. Krallen fahren aus. Das heulende Fauchen zieht warnend durch die Nacht.

Na toll! Jetzt bin ich allein. Sollte ich Chico suchen, der sich noch die Beine vertritt? Hmm, wahrscheinlich ist er keine große Hilfe. Ganz im Gegenteil.

Da entdecke ich einen dunkelgrünen Kastenwagen, der langsam durch die Straßen rollt. Zu langsam für mein Verständnis. Der Wagen ist mir bekannt, ganz bestimmt, weil die Hintertüren anders aussehen als die bei den weißen Lieferwägen, die das Dorf üblicherweise durchqueren. Trotzdem kann ich den Wagen niemandem zuordnen. Wie ein dunkles Monster bewegt sich das Metall auf vier Rädern vorwärts. Dabei stehen die Fenster der zwei Hecktüren offen.

Vielleicht gehört das Auto einem Nachbarn? Ich zucke allein für mich mit den Schultern und laufe weiter. Danach suche ich das ganze Dorf auf Unstimmigkeiten ab. Nichts. Einfach gar nichts. Als die Sonne farbenfroh über den Horizont spitzt, laufe ich nach Hause. Dort warten Tina und Sofie an der offenen Terrassentür ungeduldig auf mich.

»Gott sei Dank«, ruft Tina und überfällt mich mit Küssen auf Stirn, Ohren, Wangen und wieder auf die

Stirn. Sie drückt mich überaus fest an sich. Gleichzeitig stoße ich einen kehlig-gepressten Laut aus, worauf sie ihre Umarmung lockert. Sie machten sich Sorgen, weil ich die ganze Nacht unterwegs war. Dafür erhalte ich jetzt ein festliches Mahl aus Forelle und Rind. Es liegt schon in meinem Napf bereit. Sogar Leckerlis sind dabei. Mmh!

Im Bad treffe ich doch glatt auf einen schlummernden Maximus. Ich bin sauer und haue ihm ohne Vorwarnung mit der Pfote übers Gesicht. Abrupt springt er auf. Wir fauchen einander an. Ich schlage ihm mit ausgefahrenen Krallen auf die Schulter. Haare fliegen in die Luft. Er will kontern, aber ich weiche aus. Er wirkt mit seinen unbeholfenen Bewegungen schlaftrunken.

»Was ist los?«

»Du hast mich alleingelassen.«

Ich treffe ihn erneut an der Schulter. Überall fliegen seine Haare herum.

»Na und?«

Na und? Katzenhimmel, darf man einen Bruder ungestraft töten?

Erneut haue ich ihm gekonnt eine rechts und eine links aufs Gesicht. Jetzt ist er richtig genervt und hellwach. Er trifft mich. Ich springe fauchend zurück. Meine Augen fixieren die seinen, als ich auf den Badewannenrand hüpfe. Dort setze ich mich scheinbar ruhig hin. Wir lösen unseren Blick. Er will schlafen. Doch dann attackiere ich ihn aus der Höhe. Er fährt die Krallen aus, aber es ist zu spät.

Ich begrabe ihn für Sekunden unter meinem Körper. Maximus beißt mich in den Bauch, allerdings ohne Kraft, was mich sogleich versöhnt. Er will mir nicht wehtun.

Ich springe zurück auf den Badewannenrand und beschwere mich: »Ich brauche deine Hilfe. Das nächste Mal bleibst du gefälligst bei mir.«

»Ich habe dem grauen Kater vom Nachbardorf eine Saftige über die Ohren gegeben. Das Blut floss nur so über sein Gesicht. Der kommt nie wieder!« Er gurrt zufrieden. »Kein Kratzer an meinem Körper.«

»Und darauf bist du stolz?«

Maximus legt sich zurück auf seinen Platz. Er gähnt genüsslich, als er alle viere ausstreckt. Sein Körper zittert vor Erregung. »Und wie!«

Kampfgeist hin oder her, aber Maximus übertreibt es. Wenn es um unser Revier geht, bin ich eisern, aber ich verteidige doch nicht das ganze Dorf. Das ist mir zu blöd und dazu noch zu anstrengend. Dafür sind unsere sieben Leben zu kurz.

Mittags streife ich nach einem Festmahl zur Terrassentür und blicke in Ruhe und Frieden hinaus. Die vorbeiziehenden Wolken lassen die Sonnenstrahlen nur vereinzelt auf den Boden fallen. Durch das Wechselspiel tanzen sie vor mir auf dem Steinboden. Das Schauspiel weckt in mir die Vorfreude auf einen Spaziergang durch Garten, Wiesen und

Felder. Das störrische Ding von Katzenklappe bleibt jedoch bewegungslos im Rahmen. Da hüpft Feline mit Schwung über den Zaun. Ihr hastiger, unkontrollierter Sprung offenbart mir sofort ihre Aufregung. Mein Herz reagiert. Sie sprintet hinkend auf mich zu, wobei ihre Kruppe stark hin und her wankt. Katzenärger, da ist etwas Schlimmes passiert.

»Chico … ist … er ist …«

Ich verstehe sie kaum, weil sie außer Atem ist. Okay, es geht um Chico. Ist er doch an einem Zaun hängen geblieben und danach nicht auf seinen Pfoten, sondern der Kruppe gelandet, die jetzt wahrscheinlich ziemlich wehtut?

»Feline, beruhige dich! Chico ist tollpatschig. Der wird schon wieder.«

»Nein, nein«, stottert sie. »Er ist weg!«

Er ist verschwunden?! Auf einen Schlag stehen mir alle Haare zu Berge. »Bist du dir sicher?«

»Christian war bei Klara. Er ist superbesorgt. Chico ist noch nie über Nacht weggeblieben.«

Wie kann das sein? Und das an einem Abend, wo ich Wache hielt. Maximus ist schuld! Oder? Nein, nein, nein, das darf nicht wahr sein!

Feline zittert am ganzen Körper, was sie normalerweise nie tut. Ich will raus und drehe mich vor schmerzender Wut im Kreis. Ich könnte aus meiner Haut fahren.

Nach mehreren Umdrehungen erkläre ich Feline so ruhig wie möglich: »Sobald Tina da ist, komme ich zu dir in den Garten.«

Feline nickt und läuft davon. Ihre hinkende Hüfte scheint schlechter zu werden. Allein die Beobachtung schmerzt in meiner Kruppe. Ich atme derweilen tief durch. Mein Puls pocht in meinem Kopf. Die Unruhe übermannt mich. Was kann da nur passiert sein? Ich war doch die ganze Nacht unterwegs!

Ich sprinte ins Bad und wecke Maximus mit einem Pfotenschlag ins Gesicht auf.

»Was?«, faucht er verschlafen.

»Mehr hast du nicht zu sagen?«

»Was?«

Also nicht! Ich könnte ihn, ich könnte ihn … »Chico ist jetzt auch verschwunden. Es ist gestern Nacht passiert. In der Nacht, in der du mich im Stich gelassen hast!«

Maximus zuckt gelassen mit den Schultern. »Wird schon wieder auftauchen.«

Jetzt wird es mir zu blöd. Ein paar Gehirnzellen, Katzenhimmel, hättet ihr ihm schon geben können! »Du glaubst doch nicht wirklich, dass er im Gegensatz zu den anderen drei Katzen wieder auftaucht?«

»Wer sagt denn, dass er wie die anderen drei Katzen weggelaufen ist?«

Ich atme tief durch. Blume erzählt mir ständig von dieser Technik, um negative Gefühle zu unterdrücken und dadurch eine innerliche Ruhe zu bewerkstelligen. Ihre Zweibeinerin Klara ist darin wohl eine Meisterin. Okay, mein Herz rast nicht mehr, dafür läuft es jetzt einen Marathon. »Wir müssen handeln. Steh auf und hilf mir!«

Mein Bruder streckt alle viere von sich. Dabei gähnt er genüsslich. Ich könnte ihn umbringen. Jetzt steh ich allein da. Was soll ich tun?

Da höre ich den Schlüssel im Schloss der Haustür. Ich fetze hinunter in den Eingang und hinaus in die Natur. Ich bin so schnell, dass ich nicht einmal sagen könnte, wer nach Hause gekommen ist.

In Klaras Garten treffe ich auf Blume, die sich im Gras sonnt. Feline springt sofort durch die Katzenklappe und begrüßt mich.

»An der Eiche?«, schlage ich als Treffpunkt vor.

»Klara ist beim Einkaufen. Niemand wird uns stören.«

Ich schleiche an Blume vorbei zum Apfelbaum und setze mich in den Schatten. Feline nimmt direkt neben mir Platz.

»Was weißt du, Feline?«

»Gar nichts. Offensichtlich hat kein Zweibeiner eine Ahnung, warum unsere Freunde verschwinden.«

»Gestern Nacht, da war ein dunkelgrüner Wagen, der mir bekannt vorkam. Du weißt schon, ein umgebauter Kastenwagen. Er fuhr eigenartig langsam durch die Straßen.«

»Umgebaut?«

»Der hat hinten exotische Türen.«

»Keine Ahnung, von was du sprichst.«

»Ein normaler Lieferwagen hat doch Hecktüren mit fest eingebauten Fenstern, stimmt's?«

Feline zuckt gelangweilt mit den Schultern. Sie schleckt sich ihre rechte Vorderpfote ab, worauf der

Speichel auf ihren Zehenballen wie ein Ozean an winzigen Sternen glitzert.

»Dieser Wagen hat Türen, die ähnlich wie die Pferdestalltüren im Nachbarort aussehen, nur halt in einem anderen Material.«

»Also kann man die Fenster öffnen?«

»Genau!« Endlich hat sie es kapiert. »Am Heck sind Fallschiebefenster, oder so.«

»Was hat das mit den vermissten Katzen zu tun?«

»Vielleicht werden sie entführt?« Meine Gedanken kreisen wie wild in meinem Kopf. »Oder könnte irgendwo ein tiefes Loch die Katzen verschlingen?«

»Wie meinst du das?« Feline verzieht ihre Schnauze.

»Na ja, sie könnten in einen alten Brunnen gefallen sein, dessen Öffnung versteckt liegt.«

Feline schüttelt den Kopf. »Der wäre uns doch bekannt, oder?«

Ich stimme zu, dass dies der Fall wäre. Trotz intensiver Betrachtung aller Möglichkeiten finde ich keine sinnvolle Erklärung für ihr Verschwinden und so bitte ich Feline: »Erzähl mir von Chico.« Ich machte mir nie die Mühe, ihm zuzuhören, ganz im Gegensatz zu Feline und Blume.

»Er lebt mit Christian im gelb-weißen Haus am Ende der Straße. Christian ist ein Schriftsteller und arbeitet viel von zu Hause aus. Er ist ein guter Zweibeiner und in etwa so alt wie Sofie.«

Feline bewegt ruckartig ihre Rückenmuskeln. Sogleich schleckt sie hastig über ihr Lendenfell. Da hat sie wohl etwas auf der Haut gepiesackt. Erleichtert legt sie sich gähnend auf den Boden und meint: »Chico ist ein lieber Kater.«

»Ich weiß, Feline.«

»Ein Siamkater ist für gewöhnlich intelligent, sensibel und anhänglich.«

Ich lache. Anhänglich ist er wirklich.

»Egal, wo er ist, ohne Christian wird er sterben.«

Jetzt vergeht mir das Lachen.

»Wir müssen sie finden«, fordert sie mich auf.

Auf einen Schlag überfällt mich eine sibirische Kälte. Ich bin der Vorsitzende des Katzenrats und ein Spurenjäger. Natürlich muss ich etwas tun, aber was? Auf Maximus kann ich mich nicht verlassen und die beiden Kätzchen hier sind mir vermutlich keine große Hilfe. Aber will ich wirklich allein auf die Jagd nach einem zweibeinigen Verbrecher gehen? »Es sind mehr Fragen offen, als wir geklärt haben«, stammle ich.

»Whiskers läuft höchstens bis zum Waldrand«, klinkt sich Blume ein. »Er ist mein Beschützer und bleibt zu jeder Zeit in meiner Nähe.«

Blume spinnt. Trotzdem weiß ich, dass Whiskers das Dorf nur unter besonderen Umständen verlässt. Er ist nicht weniger ängstlich als Blume, obwohl man Bengalkatzen nachsagt, temperamentvolle Mini-Leoparden zu sein. So ein Unsinn!

»Sind sie vielleicht in eine natürliche Falle geraten?«, spiele ich mit Möglichkeiten.

»Natürliche Fallen gibt es für Katzen keineswegs, Django«, erwidert Blume mit einem geöffneten Auge, das sie überlegen auf mich richtet.

»Das ist deine Anschauung.«

»Die Anschauung ist an die Sinnlichkeit gebunden.«

Jetzt nervt sie mich mit ihrem Gelaber. Wie hält das Feline nur aus? Dennoch stelle ich die Sinnlichkeit infrage und erhalte prompt die Antwort: »Ich kann nur anschauen, was als Gegenstand vorhanden ist, was ich sozusagen mit einem meiner Sinne wahrnehmen kann.«

Ich atme tief durch und lege mich auf das Gras zwischen zwei herausstehenden Baumwurzeln. Das Gespräch ist für mich beendet. Ich schlecke meine Pfoten ab und gähne genüsslich. Auch Feline entspannt sich mit einem Lass-dich-nicht-ärgern-Augenzwinkern in meine Richtung.

Blume ist in ihrem heimischen Garten total anders als in freier Natur. Sie ist selbstsicher, stark und arrogant. Hier vor Ort passen zumindest ihre prächtige Maine-Coon-Erscheinung und ihr Verhalten zusammen. Auch wenn sie nervt, macht es mir im Grunde nichts aus. Ich bin der souveräne Vorsitzende des Katzenrats. Deshalb zwinkere ich gelassen zu Feline zurück.

Unser entspanntes Nickerchen wird von unbekannten Stimmen gestört. Feline und ich schrecken auf, während Blume durch die Katzenklappe ins Haus rauscht. Wir blicken um uns und entdecken ein paar fremde Zweibeiner, die auf der kleinen Terrasse vorm roten Haus stehen. Sie sprechen angeregt miteinander.

Feline und ich verziehen uns hinter den Hasenstall. Mit weit geöffneten Augen beobachten wir das Geschehen.

»Sind das die neuen Hausbesitzer?«, staunt Feline.

»Keine Ahnung«, flüstere ich, was beinahe lautlos im Geraschel des Strohs untergeht. Die Junghasen drücken sich vor Angst in das integrierte Hasenhaus. Ich gebe zu, dass mich diese Tatsache ein wenig amüsiert.

»Die Zweibeiner sind alt.«

»Zwei davon schon«, stelle ich fest.

»Die dritte ist die Enkelin vom alten Herrn Schneider.«

»Herr Schneider hatte eine Enkelin?«, wundere ich mich.

»Ja. Klara hat uns erzählt, dass sie das Haus an ein altes Ehepaar verkauft. Sind wohl die Großeltern vom Patrick, der mit seiner Familie drei Straßen weiter wohnt. Du weißt schon, Tinas Schulfreund.«

»Klara erzählt euch so was?«

»Patricks Großeltern kommen nach Jahrzehnten aus den USA zurück nach Deutschland.«

»Aha«, staune ich über ihre umfassende Kommunikation. »Neugierig?«

»Klaro!«

Und schon sind wir auf dem Weg in Richtung neue Hausbesitzer. Je mehr wir uns dem Zaun nähern, desto stärker werden ihre Gerüche. Sie sind okay, somit spazieren wir weiter darauf zu.

Doch dann mischt sich ein Katzenduft darunter. Ich bleibe abrupt stehen. »Die haben einen Kater, der mindestens so alt ist, wie sie es sind!«

Feline nickt. Sie behauptet stets, eine besonders gute Schnüffelnase zu haben und allein am Duft einer Katze Alter, Rasse und Charakter bestimmen zu können. Jetzt kann sie sich beweisen. Ich stachle ihre Mitteilungslust an und frage: »Und?«

»Er ist ein Ragdoll. Ich schwöre es.«

Die Zukunft wird es zeigen.

»Er ist sanftmütig, umgänglich und ein ruhiger Kamerad.«

»Er ist ja auch schon uralt. Das kann sogar ich riechen.«

»Hm«, überlegt Feline. »Er ist ziemlich groß und mindestens acht Kilo schwer.«

Acht Kilo! Oje, hoffentlich muss ich mit dem nicht ums Revier kämpfen.

»Er ist verspielt und ...« – als ob sie meine Gedanken lesen könnte – »bestimmt keine drohende Gefahr für uns und unser Revier.«

Da höre ich ein mehrmals kurz aufeinanderfolgendes sanftes Miauen. Das muss der Neue sein. Er begrüßt uns!

Die Spitzen der Grashalme neigen sich verdächtig tief, als ein riesiger Kater aus dem Dickicht der Wiese auf uns zu marschiert. Katzenschreck, ist der gewaltig! Außerdem sieht er für sein Alter noch bestens aus. Und höflich ist er auch noch! Er bleibt mit einem reichlichen Abstand vor dem Zaun stehen. Sein saphirblauer Blick ist wohlwollend auf uns gerichtet. Sein üppiges Fell glänzt majestätisch unter der glühenden Hitze der Nachmittagssonne.

»Was habe ich gesagt!« Feline lacht.

Ich flüstere: »Hat er eine Maske auf?«

Sie lacht erneut. Dieses Mal jedoch macht sie sich über meine Unwissenheit lustig.

»Ragdoll-Katzen besitzen meistens einen dunklen Kopf, dunkle Ohren, Beine oder Pfoten und einen dunklen Schwanz. Hier reichen die Farben von Blaugrau oder Schokoladenbraun bis hin zu Schwarz. Der fellige Rest ist weiß, beige oder cremefarben.«

»Aha«, antworte ich mit gedämpfter Stimme.

»Ragdoll-Katzen sagt man nach, dass sie besonders intelligent sind.«

Woher weiß Feline das alles? Klara wird doch auch noch andere Ansprechpartner haben. Oder nicht? Wer weiß das schon.

Gleichzeitig schleicht sich Blume an uns heran und meint: »Ist das der neue Ragdoll, von dem Klara letzte Woche sprach?«

Aha! »Klara ist also deine gute Schnüffelnase.« Jetzt lache ich.

»Okay, sie hat das eine oder andere erwähnt.«

Der fremde Kater tapst ein paar Schritte weiter auf den Zaun zu. »Ich bin Yoda.«

»Django, Feline und da hinten ist Blume«, begrüße ich ihn gelassen.

Ich mag den alten Kerl. Es ist etwas an seinem Geruch, das mich friedlich stimmt. So geht es offensichtlich auch Feline und Blume, die sich ihm ohne jeglichen Zweifel nähern.

Doch dann stellt sich Feline quer. Blume springt hinter mich, um sich dort zu verstecken, was bei ihrer typischen Maine-Coon-Größe mit einer Schulterhöhe von 40 Zentimetern natürlich unmöglich ist.

Der unangenehme Duft ist eindeutig. Es ist der abgemagerte Kater, der gerade seelenruhig über unsere Wiese schleicht. Ich bin ja immer noch in Felines Garten.

Yoda lächelt. »Behandle jeden, wie du selbst behandelt werden möchtest. Er sucht Gesellschaft und hat Hunger. Niemand ist gerne allein.«

Oh nein! Jetzt hat mir der Neue gefallen und dann spricht der so ein Zeug daher. Reicht in unserer Gegend nicht schon die philosophische Blume?! Die springt natürlich sofort auf seine Worte an und nähert sich Yoda, worauf sie sich freundlich beschnuppern. Auch Feline reißt sich zusammen. Sie atmet tief durch und stellt sich neben mich, jedoch mit einem Auge in des Streuners Richtung schielend. Dieser bleibt abrupt stehen. Wahrscheinlich ist ihm so viel Zuneigung fremd.

Ich habe jetzt auch keine Lust, mich gegen ihn zu wehren. Später vielleicht. Jetzt will ich nach Hause und schlafen. Mir reicht's mit schrecklichen Neuigkeiten und neuen Katern. Ich will gemütlich auf der Decke in der Badewanne liegen und von alten

Zeiten träumen. Von den Tagen, als Kira noch da war, nachts keine Gefahr für uns lauerte und fremde Kater in andere Dörfer einzogen. Jetzt ist alles anders. Ich hasse derartige Veränderungen.

Nach einem überraschend ausgiebigen Schläfchen treffe ich im Wohnzimmer auf Tina und Sofie, die gemütlich fernsehen.

Tina reagiert sofort auf mich. »Django, wo kommst du denn her?«

Ich schmiege mich an ihren Unterschenkel und drücke mich fest daran. Tina packt mich sanft am Bauch und setzt mich auf ihren Schoß. Streicheleinheiten, mm … ich versinke in einen wunderbaren Rausch voller Wohlbehagen. Da drehe ich mich und strecke alle viere von mir, sodass sie den Bauch besser kraulen kann. Mm! Ich drücke vor Genuss meine Augenlider fest aufeinander und schnurre, was das Zeug hält. Ich bin vollkommen entspannt. Doch dann stellt sich mein linkes Ohr steil nach oben. Hat Sofie gerade Yoda erwähnt?

»Yoda ist supersüß«, behauptet Tina.

Supersüß, na ja, übertreiben muss sie ja auch nicht gleich.

»Hoffentlich versteht er sich mit unseren beiden Tigern«, bemerkt Sofie.

Das tut er. Obwohl ich nicht für Maximus sprechen kann.

»Bestimmt. Hast du gehört, dass jetzt Chico auch verschwunden ist?«

»Klara hat es erwähnt. Was kann mit den Katzen nur passiert sein? Man hört das Schlimmste!«

Meine Haare stehen schlagartig zu Berge. *Das Schlimmste?* Ich drehe mich, worauf ich meinen Kopf an Tinas Brust reibe. Gleichzeitig erzählt sie: »Klara will nachts ihre Katzen im Haus lassen.«

»Maximus würde uns die halbe Nacht terrorisieren.«

Tina lacht. »Schlafzimmertür auf, Holzsprossen bearbeiten, aufs Bett springen, mit der Pfote antippen, miauen, die Krallen ausfahren und so weiter.«

Sofie nickt grinsend.

Es stimmt. Maximus muss für unsere Zweibeiner unerträglich sein. Wenn er etwas will, fordert er es zu hundert Prozent ein und das mit einer optisch fauchenden Bewegung seiner Schnauze. Töne kommen nur bei den ersten Miau-Rufen heraus. Danach ist er heiser. Ich bin da gelassener. Meine innere Ruhe verbietet mir ein solches Theater. Dennoch bin ich vor allem nachts über seine Vehemenz froh, denn Sofie füttert uns dann und lässt uns nach draußen. Für mich natürlich ohne Anstrengung. Ich muss lediglich zusehen und abwarten.

Mein Magen knurrt. Noch einmal zurück auf den Rücken drehen und die sanften Finger meiner tollen Katzenflüsterin genießen, mm. Mit einem gefühlten Danke drücke ich meinen Kopf an Tinas Bauch. Sie küsst meine Stirn einmal, zweimal und noch einmal.

Ich schnurre genüsslich. Dann hüpfe ich auf den Boden und starre sie an.

»Hast du Hunger, Django?«

Ich miaue zustimmend. Für die Aussicht einer gruselig langen Nachtwache muss ich gestärkt sein. Feline und Blume werden ja nachts eingesperrt. Somit bin ich der Einzige, der das Rätsel um die verschwundenen Katzen lösen kann. Meine Pfoten beginnen vor Angst zu zittern. Okay, ich schaffe das! Ich bin doch der souveräne Spurenjäger.

Zielsicher laufe ich voraus auf die Katzenfutter-Tür zu. Tina öffnet sie, nimmt eine grüne Dose in die Hand und füllt meinen Napf mit den Leckerbissen. Sofort mache ich mich an das Wild heran. Mmh!

Zufrieden schleiche ich zur Terrassentür und schlecke meine Schnauze ab. Ich gähne ausladend. Ein Blick nach draußen verrät mir, dass ich für unser Treffen spät dran bin. Nur noch wenige verblassende Farben am Horizont zeugen von der heutigen Gegenwart der Sonne. Die Dunkelheit bricht über meine Heimat herein. Ich muss los. Ich starre Tina an. Heute ist sie in super Form. Sie öffnet mir die Tür mit den Worten: »Warum gewöhnt ihr euch nicht einfach an das Band?«

Weil wir keine Bänder um unseren Hals ausstehen können! Leider kann sie meine Gedanken keineswegs vernehmen.

Ich schnurre dankend um ihre Füße und springe mit einem Satz über die Schwelle. Einmal draußen, checke ich die leere Terrasse auf Veränderungen ab.

Es gibt keine, m-hm, die Luft ist angenehm warm. Der Boden wirkt feucht, als ob ein kurzer Regenschauer unsere Umgebung mit ein wenig Wasser beglückt hätte. Auch das Gras ist feucht. Ich gebe Gas und springe über unseren Zaun hinaus auf die angrenzende Wiese. Von dort aus geht es übers Maisfeld in Richtung Eiche. Dort wartet nur noch unsere extrem geschrumpfte Gruppe mit Feline, Blume und Maximus auf mich. Ein unangenehmer Stich fährt durch mein Herz.

»Hey«, grüße ich alle zusammen.

Maximus musste wohl wieder einmal das Dorf verteidigen. Auf seinem Vorderbein ist Blut, das er sich behutsam abschleckt.

»Wir müssen nachts daheimbleiben«, sprudelt es aus Feline heraus.

Ich nicke.

»Die Katzenklappe wird nicht funktionieren«, erklärt Blume.

Ich nicke.

»Was sollen wir tun?«, fragt Feline.

»Maximus und ich werden eure Wache übernehmen.«

Maximus seufzt. »Heute nicht. Ich bin platt. Ich will nach Hause.«

Na bravo! Mit solch einem Bruder braucht man keine Feinde mehr.

»Hast du dich verletzt?«, frage ich genervt.

Maximus lacht. »Nein. Das ist das Blut vom abgemagerten Kater.«

Dieses Mal fährt ein schmerzhafter Stich durch meinen ganzen Körper. Auch wenn der braune Kater übel riecht, muss er von Maximus keine Schläge abbekommen. Eigentlich tut er ja nichts. Er sucht ja nur ein wenig Liebe. Oder Nahrung? Das Letztere ist wahrscheinlich wichtiger als Streicheleinheiten.

Meine Rührseligkeit kann ich auf keinen Fall laut aussprechen. Ich knurre einen Moment lang, ohne Ärger zu empfinden. Nur so zur Ablenkung.

»Yoda war heute bei uns. Er ist wirklich nett«, erklärt Blume.

Na wenigstens nicht *supersüß!*

Feline springt voll auf Blumes Bemerkung an: »Vielleicht könnte er uns helfen. Wir könnten doch …«

Da muss ich Feline unterbrechen: »Nicht so schnell. Checken wir ihn vorher erst einmal ab. Wer weiß, vielleicht ist er ein Katzenkiller und wir rennen ahnungslos in unser Unglück.«

Feline und Blume lachen.

»Ich hau ab«, ruft Maximus und rennt davon. Er ist definitiv unverletzt.

»Warum sollte Yoda ein Katzenkiller sein?«, fragt Feline.

»Was weiß ich in Zeiten wie diesen?«, erwidere ich knurrend.

»Okay, okay, verstanden. Du willst ihn vorher mit einem genauen Body-Scan durchleuchten.«

Keine Ahnung, was Feline mit Body-Scan meint, aber Klara redet ja ständig mit ihnen. Wie sollen sie da bei der für uns Katzen üblichen Sprache bleiben?

»Body-Scan macht man mit sich selbst.« Blume schüttelt den Kopf. »Es ist eine Achtsamkeitsübung. Im Grunde tastet man seinen eigenen Körper damit ab.«

Feline rollt mit den Augen. Ich schließe mich Feline an.

»Wir müssen los«, erklärt Blume spontan und ein wenig beleidigt.

»Du hast recht. Klara macht sich ansonsten Sorgen«, stimmt Feline zu. »Wenn dir etwas komisch vorkommt, Django, nähere dich auf keinen Fall der Gefahr, sondern lauf davon! Okay?«

Feline ist süß. Wie soll ich davonlaufen und gleichzeitig wissen, was da vor sich geht?

»Klaro!«, lüge ich um ihretwillen.

Und schon stehe ich allein an der uralten Eiche. Ein Blick nach oben offenbart mir eine klare Nacht. Unsagbar viele Sterne glitzern am Himmel, während der aufsteigende Mond sanft auf mich herabblickt. Eine mystische Stimmung überfällt mich. Da wende ich mich den Ästen zu und flüstere: »Eiche?«

Keine Antwort. Natürlich nicht! Oh, Katzenhimmel, es ist so weit: Ich spreche mit einem Baum. Hoffentlich hat mich kein Tier im Wald gehört.

Ich gebe zu, ich empfinde eine Furcht vor der kommenden Nacht. Die Angst lässt mich komische Dinge tun. Was, wenn mir das Gleiche passiert wie den anderen? Was auch immer es ist?! Okay, reiß dich zusammen! Ich atme tief durch. Dank Blume werde ich schon richtig gut darin.

Dann geht's los. Schritt für Schritt schleiche ich mich zurück zum Dorf. Garten für Garten weiter, komme ich am Dorfplatz an. Ich drücke mich in den Schatten einer Hecke, worauf vermutlich nur noch meine Augen gespenstisch grün im schwarzen Nichts zu sehen sind. Die Hecke muss gruselig aussehen. Ich lache über das Bild in meinem Kopf, allerdings nicht lange. Die Katzen vom Nachbardorf laufen erneut in den Friedhof. So abschreckend wirkte Maximus' Abreibung wohl doch nicht.

Ich tapse die Hecke entlang, als ein grauer Mittelklassewagen die Straße entlangfährt. Es ist das Auto von Yodas Zweibeinern. Er steht normalerweise am Parkplatz vorm roten Haus.

Wie durch eine Zündung initiiert, spielen meine Gedanken verrückt. Tina findet, dass Yoda ein *supersüßer* Kater ist. Katz oh Katz! Dafür werde ich noch länger leben als er. Aber nur wenn … wenn … jetzt wird mir wieder Angst. Katzenärger! Wie stark meine Gedanken meine Gefühle beeinflussen. Also muss ich an etwas Schönes denken.

Kira! Natürlich! Allein ihr Name frohlockt in meinem Sein. Zugleich fahren einige Autos auf den Dorfplatz. Sie parken vor dem Supermarkt, der um diese Zeit geschlossen ist. Mehrere Jugendliche steigen aus. Sie machen es sich auf einer langen Bank gemütlich, trinken, was auch immer, und quatschen miteinander. Dabei hören sie Musik, die aus einem offenen Wagen hallt. Tina ist auch dabei. Sie unterhält sich angeregt mit Patrick. Ob Sofie von ihrem nächtlichen Ausflug weiß? Ich kichere für ein paar Sekunden. Dann konzentriere ich mich erneut auf meine Mission.

Ein paar Schritte folge ich in Tinas Richtung. Ich versinke beinahe im hohen Gras. Wenn das keine tolle Beobachtungsstelle ist? Mit Tina in der Nähe kann mir nichts passieren. Sie ist ziemlich stark. Keiner kann mich unter ihren Augen entführen.

Da entdecke ich in einer Querstraße den dunklen Kastenwagen, der im Schritttempo fährt. Hm, woher kenne ich den nur? Und überhaupt, warum fährt ein Mensch bei leeren Straßen nur mit schildkrötenähnlicher Geschwindigkeit? Was hat er vor?

Ich renne die Straße entlang in Richtung Wagen, um ihn genauer zu beobachten. Doch dann bleibt er stehen. Ich hüpfe vor Schreck in die Höhe und verziehe mich in den nächstgelegenen Garten.

Ein Hund bellt. Katzenhimmel sei Dank, der Hund ist eingesperrt. Ein Blick zum nahe stehenden Haus verrät mir, dass es Bello ist, der freche rote Pekinese, der sich manchmal in unseren Garten verirrt. Aufgeregt springt er hinter der Terrassentür von Pfote zu Pfote.

»Hey, Bello, was geht ab?«

»Das frage ich dich! Du hast mich noch nie besucht.«

»Das tue ich auch heute nicht. Es ist nur so, dass in der letzten Zeit Freunde von mir verschwunden sind. Jetzt halte ich Nachtwache.«

»Ach so. Na dann, viel Glück.«

»Danke.«

Viel Glück kann ich gut gebrauchen. Ich hüpfe mit einem Satz zurück auf die Straße, doch der dunkelgrüne Wagen ist weg. Ich suche ihn überall in der Gegend. Straße für Straße laufe ich im Schatten der Zäune entlang. Trotzdem ist er nirgendwo zu finden. Da streife ich noch einmal über die Wiese gegenüber vom Dorfplatz und checke ab, wie es Tina geht. Sie lacht. Das reicht mir. Jetzt verziehe ich mich nach Hause. Ich bin müde und erschöpft. Über Gärten und Zäune hinweg sprinte ich in Richtung Heimat.

Hoppla, hier ist er! Nicht weit von unserem Haus entfernt steht der Kastenwagen scheinbar mutterseelenallein am Straßenrand neben einer Baustelle. Nur das Fundament des Hauses ist zu erkennen. Überall liegen Bretter, Steine und andere Materialien herum. Ein Gerät mit langem Hals und Klaue ruht gespenstisch still neben einem scheinbar eiförmigen Erdmonster.

Und dann noch das! Wie beim spannenden Auftakt einer Gruselgeschichte zieht ein Schwarm an dunklen Wolken am Himmel auf. Die Sterne verblassen, die achtsamen Augen des Mondes verlieren zunehmend an Strahlkraft. Mir wird unwohl. Ich springe hinter einen Holzstapel, der mir genügend Sicht auf den Wagen gibt.

Da steigt eine im Schatten der Nacht dunkle Gestalt aus. Die dünne, bleistiftgerade Figur deutet auf einen Mann hin. Er trägt unverhältnismäßig viel Kleidung für eine lauwarme Sommernacht. Eine Kapuze verhüllt sein Gesicht.

Mit flinken Bewegungen öffnet er die Hecktüren. Ein Kasten mit Schubfächern ziert eine Seite des Laderaums. Er zieht ein Fach heraus und kramt darin herum. Die andere Seite des Laderaums liegt mir verborgen. Ein bekannter Duft erreicht mich. Er ist tierischer Natur und besteht aus vielen verschiedenen Nuancen. Hm, es ist kein individueller Geruch, sondern ein Duftspiel an Tierarten.

Eine sibirische Kälte zieht auf. Meine Pfoten zittern. Die Kälte liegt wohl in meinem Inneren. Sie lähmt meinen Körper.

Starr beobachte ich die dunkle Gestalt, die etwas aus dem Schubfach herausnimmt und auf den Kieselboden vor der Baustelle streut. Die kleinen Würfel sind vermutlich Leckerlis. Katzenhimmel sei Dank, dass mir ihr Duft verborgen bleibt. Gut riechende Leckerlis fördern einen tropischen Heißhunger. Sie vernebeln unsere Katzensinne, sodass wir dafür jede Gefahr in Kauf nehmen.

Ich lenke mich ab und frage mich, ob er ein Katzenjäger ist? Falls es überhaupt einen gibt?! Die zweite Möglichkeit nimmt mir ein wenig die Furcht. Zu wenig, um meinen Körper zu entspannen.

Die Gestalt setzt sich auf den Fahrersitz, wobei ein Bein auf der Teerstraße ruht. Gleich darauf höre ich das Geräusch der Geräusche. Wir Katzen fliegen voll darauf. Es ist das Knistern und Rascheln einer Leckerli-Tüte. Diesen appetitanregenden Klang kennen wir alle. Na ja, zumindest die Katzen, die fürsorgliche Zweibeiner haben.

Katzenärger, ich muss meine Sinne im Zaum halten. Meine Pfoten wollen auf einen Schlag zur dunklen Gestalt laufen. Ich atme tief durch und halte sie mit Anstrengung still auf dem Boden. Doch je mehr das Knistern meine Sinne einnimmt, desto weniger kann ich dem Drang in meiner Brust widerstehen. Die tiefe Atmung reicht n…

Oh nein! Da ist Blume! Hat sie nachts nicht Ausgehverbot?! Mist, Mist, Mist! Sie nähert sich der gruseligen Gestalt. Wie kann sie nur so dumm sein? Sie! Die Philosophin, die alles besser weiß. Sie, die mir die entspannende Technik der Atmung zeigte, um die Dunkelheit des eigenen Seins zu besänftigen!

Der Katzenjäger hat bestimmt noch keine Ahnung, dass Blume da ist.

»Blume«, knurre ich lautstark.

Keine Reaktion. Doch der Katzenjäger streckt seinen im Schatten der Kapuze liegenden Kopf aus dem Wagen. Mist! Er steigt aus. Jetzt hat das dunkle Individuum Blume entdeckt. Er nimmt ein paar Leckerlis in die Hand und legt sie vor sich auf den Boden.

Ist sie von Sinnen!!!! Sie nähert sich ihm stetig; einer uns fremden Person?! Wenn sie das überlebt, bringe ich sie um!

Okay, Django, okay, du schaffst es!

Blume ist direkt vor der schwarzen menschlichen Silhouette. Sie will ein Leckerli in die Maulhöhle schaufeln. Doch dann holt der Katzenjäger aus und packt sie am Nacken. Nein! Mit der Tragestarre kann sich Blume auf keinen Fall mehr wehren!

Ich renne los, gebe alles, was ich kann. Doch die dunkle Gestalt hievt Blume in die Luft und in Richtung Wagen. Ich spurte, nein, ich galoppiere um mein und ihr Leben, als mich Maximus überholt. Er saust schneller als ein Blitz an mir vorbei. Mit ausgefahrenen Krallen springt er den Katzenjäger von hinten an. Ein ächzender Aufschrei folgt. Es ist definitiv ein Mann. Er lässt Blume fallen. Sobald sie auf ihren Pfoten landet, läuft sie davon. Maximus folgt ihr. Und ich?! Okay, ich drehe mich um und renne, was das Zeug hält.

Hinter einem Zaun sehe ich die gruselige Gestalt nach uns suchen. Das Knistern der Leckerli-Tüte hallt verführerisch in alle Richtungen, als mir meine Kurzatmigkeit zu schaffen macht. Sie schmerzt in meiner Lunge.

Erst nach einer unerträglich langen Weile gibt der Katzenjäger auf. Er schließt die Hecktüren, setzt sich auf den Fahrersitz und startet den Wagen. Kurz darauf ist er aus meinem Blickfeld. Ich keuche. Meine Lunge fühlt sich wie ein harter Eisbrocken an.

Als Beruhigung in mir aufkeimt, laufe ich von Garten zu Garten in Richtung Klaras Haus. Ich springe auf den Terrassentisch und durchsuche die Küche. Dort liegt Blume eingerollt auf ihrem Lieblingsstuhl. Sie spürt meinen starr auf sie gerichteten Blick und neigt ihren Kopf in meine Richtung. Ihre Augen weiten sich. Mit einem goldenen Tanz spiegeln sie mir ihre Erleichterung wider. Außerdem stehen ihre Schnurrhaare locker seitwärts, was mir zeigt, dass es ihr gut geht. Dabei blinzelt sie mich verlegen an. Ich glaube, es soll heißen, dass ihr die Dummheit ihrer Tat bewusst ist.

Froh und ebenso erleichtert schleiche ich mich in unseren Garten. Maximus ist weit und breit nicht zu sehen. Wahrscheinlich hat er Sofie und Tina bereits signalisiert, dass er rein will. Dafür springt er auf eine Holzsprosse der Terrassentür. Das kracht ziemlich laut und weckt wahrscheinlich die Katzen der halben Nachbarschaft auf.

Ein Blick zum Firmament verrät mir nicht, wie spät es ist. Dick hängt die Wolkendecke über mir. Ich atme tief durch.

Die frische Brise der Nacht tut mir gut. Ich lege mich an eine gemütliche Stelle unter dem Apfelbaum, der direkt am Zaun zum roten Haus steht. Dort hält sich im Laufe des Tages hartnäckig der Schatten, sodass das Gras nur selten austrocknet. Deshalb schmiegt es sich weich an meinen Körper an. Ich genieße die sanfte Umarmung der Natur und drücke mich fest auf den Boden.

Danach beginne ich mich aufs Genaueste zu säubern. Alle fremden Gerüche sollen mit meinem guten Duft ersetzt werden. Mein Herz schlägt derweilen dank der Erleichterung über Blumes Rettung ruhig in meiner Brust. Genauso ruhig und bedacht ziehe ich meine Zunge über mein ausgestrecktes rechtes

Vorderbein. Dabei entdecke ich ein hartes, kleines Stückchen Holz, das ich aus meinem Fell herausbeißen muss. Die synthetische Duftnote offenbart mir winzige Leimflecken darauf. Die linke Vorderpfote muss ich besonders gut putzen, da ich offensichtlich in Maschinenöl getappt bin. Der strenge Geruch beißt in meiner Nase. So widme ich mich meinen Beinen samt Pfoten, dem Bauch, dem Rücken und meinem Kopf. Es tut gut, sich ausgiebig auf den Schlaf vorzubereiten.

Doch ich schlafe nicht ein, sondern schlummere wach dahin. Kiras prächtige Erscheinung zeigt sich klar und deutlich in meinem Geist. Ich lege die Schnauze unter meine überkreuzten Pfoten und seufze tief und fest. Das leise Echo rollt durch die Gärten. Ach, Katzenhimmel, Kira ist wunderschön. Sie ist schöner als schön. Sie ist anmutig und von muskulöser Statur. Wenn sie wüsste, was ich für ein Angsthase bin!

Mit dem Bewusstsein, dass ich der Einzige bin, der das weiß, seufze ich noch einmal zufrieden tief durch.

Huch! Bin ich jetzt erschrocken.

»Was machst du denn hier?«, frage ich Yoda, der gerade gefährlich nahe über den Zaun hüpft.

»Django«, begrüßt er mich.

So heiße ich! »Yoda«, antworte ich knurrend. Hoffentlich ist er kein Katzenkiller, sonst verärgere ich ihn gerade unnötigerweise.

»Ist die Katzenwache schon vorbei?«

»Ja.«

Kann man hier nirgendwo seine Ruhe haben?

»Die Nacht ist gleichbleibend im Gange«, wundert er sich mit aufforderndem Blick.

Der nervt unendlich. Katzenkiller hin oder her, jetzt knurre ich richtig. »Woher weißt du von der Nachtwache überhaupt?«

»Blume hat es mir erzählt.«

Oh Katz, oh Katz, Blume ist eine wahre Plaudertasche.

»Was willst du?«, erwidere ich eindeutig mit gereizten Nerven.

»Hast du etwas gesehen?«

Katzenärger, jetzt hat er mich. Ich will über das Erlebnis von vorhin sprechen, also warum nicht mit ihm? Auf einen Schlag sitze ich aufrecht, wende mich ihm offen zu und erzähle ihm die ganze Geschichte. Er lauscht geduldig.

»Du bist ein Held.«

Ich? Okay, ich habe meine zitternden Pfoten und auch die Tatsache ausgelassen, dass mir die Angst während der Wache eine ständige Begleiterin war. Aber Held ist doch etwas übertrieben. »Nein! Maximus hat Blume gerettet.«

»Habe ich schon verstanden.«

Hört mir dieser Ragdoll-Kater überhaupt zu? Ich atme tief durch. »Wieso soll ich ein Held sein, bitte?«

»Du hast deine Angst überwunden, bist allein auf Streife gegangen und trotz der Furcht hast du einen Rettungslauf gestartet. Maximus ist dir nur zuvorgekommen.«

So habe ich das noch gar nicht gesehen. Aber, halt, wieso Angst? Da behaupte ich: »Ich hatte doch keine Angst.«

Yoda lächelt mich wohlwollend an. Er macht es sich mit untergeschlagenen Pfoten auf seiner Vorderseite bequem und schließt die Augen. Sein cremefarbiges Fell glitzert wie die reinste Seide, und das, obwohl uns die dicke Wolkendecke die hellen Strahlen des Mondes verwehrt. Sein maskenartiges Gesicht ruht sanft auf seinen dunklen Pfoten. Der farbige Kontrast seines Fells zeigt sich im Schatten der diesigen Nacht wie die Gegensätze von Yin und Yang, von denen Blume immer spricht. Sie ziehen sich an und formen zusammen ein vollständiges, harmonisches Bild.

Er ist ein besonderer Kater. Okay, das spreche ich niemals laut aus.

Ich entspanne meine Ohren, die nun hoch aufgestellt sind, und warte, warte und warte. Was ist das Protokoll? Soll ich nachfragen?

»Eh, was meinst du mit Angst?«, gurre ich versöhnlich.

Yoda öffnet seine glasklaren Augen und sieht zu mir auf. Das satte Blau scheint die tiefste Quelle der Erde zu repräsentieren. Es packt mich, als mich eine Welle des Wohlwollens trifft. Gleichzeitig bildet sich eine Gänsehaut.

Irgendetwas löst dieser Kater in mir aus. Ich kann es nur mit den Wahrnehmungen von Güte und Vertrauen erklären.

»Ich spüre die Angst, die in dir gefangen ist, genauso wie den unermesslichen Druck, deine Freunde finden zu wollen.«

Jetzt bin ich baff. »Sie sind entführt worden, da bin ich mir jetzt sicher.«

Yoda gurrt zustimmend, oder nicht? Wer weiß das schon. Kurz darauf gähnt er genüsslich. Er schließt die Augen. »Kannst du die Aufgabe deinem Bruder Maximus übergeben?«

»Welche Aufgabe?«, frage ich.

»Deine Freunde zu finden.«

»Wie meinst du das?«

»Du wirst sie doch retten wollen, oder?«, entgegnet er mit sanfter Stimme.

»Äh, ich, äh«, stottere ich. »Wie, bitte, soll ich das bei einer Entführung durch einen zweibeinigen Verbrecher tun?«

»Du musst dich der dunklen Gestalt stellen.«

Meine Haare stehen schlagartig zu Berge. Mein Herz rast.

»Ohne die lähmende Angst natürlich.«

Mir wird nicht besser.

»Maximus kann dir bestimmt beistehen.«

Jetzt wird mir besser.

»Oder kann er deine Freunde allein retten?«

»Der Katzenhimmel hat Maximus zwar mit viel Kraft und Ausdauer beschenkt, aber dafür ließ er ein paar Gehirnzellen aus.«

Yoda lacht. »Er ist also kein guter Stratege, dein Maximus.«

»So ist es. In einer fremden Umgebung müsste ich ihm taktisch kluge Ratschläge geben, nur dass er auf das Ziel fokussiert bleibt und natürlich keinen Unsinn anstellt.«

»Er ist der Körper und du bist das Gehirn.«

Ich verstehe seine Aussage keineswegs, da Maximus und ich zwei voneinander getrennte Kater sind.

»Nun gut, dann musst du an deiner geistigen und körperlichen Stärke arbeiten, um die Angst zu überwinden.«

Ich verstehe kein Wort.

»Ohne innere Stärke übersteht kein Kater einen Kampf.«

»Kampf?«, quietsche ich erschreckend feminin.

»Die Rettung deiner Freunde kann mehrere unterschiedliche Kämpfe mit sich bringen. Der blutigste von allen ist der Kampf mit sich selbst.«

Ein blutiger Kampf mit sich selbst? Mir wird übel.

»Angst schafft Widerstand. Jeder Widerstand resultiert in einem Kampf. Das ist ganz normal. Dabei ist der Kampf nicht als eine mit den Pfoten geführte Auseinandersetzung zu verstehen.«

In meinem Kopf kreisen seine Worte mit achterbahnähnlicher Geschwindigkeit. Die mörderischen Loopings erhöhen meinen schon rasanten Herzschlag.

»Jetzt schlafen wir. Jeder mutige Kater braucht einen guten Schlaf.«

Er nennt mich mutig. Macht er sich gerade über mich lustig oder meint er es ernst? Mein Körper fühlt sich schlagartig wie ein schwerer Sack Kartoffeln an.

Er ist eindeutig geplagt von den Strapazen der adrenalinausschüttenden Aufregung.

»Morgen sprechen wir über deine eingeschränkte Spurensuche.«

Ich verstehe kein Wort. Ich bin müde und erschöpft und frage lediglich: »Kommst du zur Katzenratsversammlung?«

»An der Eiche bei Sonnenuntergang?«

»Genau!« Er ist außerordentlich gut informiert.

Ein Blick nach oben zeigt mir den Himmel unverändert. Ich lege mich auf den Boden und vergrabe meine Schnauze tief unter meinen Pfoten. Mein Herz beruhigt sich bei der Annahme, dass mir seine Worte unnütz Angst einjagen und das wahrscheinlich nur deshalb, weil ich sie nicht verstehe. Die Unwissenheit bringt die nutzlose Furcht mit sich. Er wird mir den Sinn seiner Aussagen erklären; ganz bestimmt. Dabei wird er die Furcht in kleine Fetzen zerreißen, die ohne Verbindung keinen emotionalen Sinn mehr machen. So wird es sein.

Ein ausgiebiger Schlaf im trauten Heim hat meine Katzennerven ganz und gar beruhigt. Ich fühle mich an diesem späten Morgen erheblich besser. Trotzdem ist mir unklar, wie ich meine entführten Freunde retten soll. Ich zucke ganz für mich allein mit den Schultern.

Gleichzeitig knurrt mein leerer Magen.

Ich tapse verschlafen die Treppe hinunter in den Gang. Doch der Napf ist leer. In der Küche räumen Sofie und Tina gerade das restliche Geschirr in die Spülmaschine. Sie wollen an diesem Samstag zum Shoppen fahren. Tina freut sich schon seit Tagen darauf. Als sie mich sieht, fragt sie: »Django, wo warst du denn schon wieder die ganze Nacht?«

»Um fünf Uhr morgens kommst du erst nach Hause«, bemerkt Sofie mit einem leisen Vorwurf in der Stimme. »Bei so viel vermissten Katzen machen wir uns doch Sorgen.«

Tina kniet sich neben mich. Ihre sanften Finger gleiten behutsam über meinen Rücken. Ich fixiere ihre Augen und miaue, aber sie versteht kein Wort. Na ja, sie versteht meinen Augenkontakt falsch. Sie fragt mich, was ich will. Normalerweise handhaben Maximus und ich eine Dringlichkeit derart, dass wir Tina oder Sofie starr in die Augen blicken und dabei laut maunzen. Heute wollte ich ihr nur von meiner Aufgabe als Spurenjäger erzählen.

Da kommt Maximus zur Tür herein. Ich schnuppere an seiner Nase. »Gut gemacht, Maximus.«

»Mir wäre lieber, du hättest mir etwas im Napf gelassen«, knurrt er mich an.

Doch dann schwingt er sich gekonnt um Tinas Beine. Als sie verzögert reagiert, maunzt er fordernd. Mein Bruder sieht dabei aus, als ob er sich in einen wild gewordenen fauchenden Löwen verwandelt hätte. Wenn Maximus Hunger hat, ist er kaum zu bremsen. Dann sollte man ihm nicht in die Quere kommen.

»Wir treffen uns heute Abend an der Eiche. Yoda wird dabei sein.«

Maximus hört mich nur mit einem zuckenden Ohr. Der Rest seiner Konzentration ist auf Tina gerichtet, die gerade eine grüne Dose aus dem Katzenfutter-Schrank holt. Jede Bewegung wird aufs Genaueste beobachtet. Er läuft ihr voraus. Als sie das Wild in den Napf legt, bedankt er sich mit einem leichten Stoß seiner Stirn auf ihren Handrücken. Sie streichelt ihn, während er genüsslich zu fressen beginnt.

»Lass es dir schmecken, mein Kleiner.«

Der Geruch von Wildgelee steigt mir in die Nase. Mein leerer Magen macht sich erneut bemerkbar, worauf ich mich zu Maximus geselle. Eigentlich will ich ihm sein Heldenfrühstück keineswegs verwehren. Mmh, es riecht einfach zu gut. Ein Bissen oder zwei? Ich schiebe Maximus ein wenig zur Seite und fresse genüsslich ein paar Happen.

Währenddessen verlassen Sofie und Tina das Haus. Wir sind eingesperrt. So schleiche ich mit einem kaum gesättigten Magen ins Wohnzimmer, wo mir ein Blick nach draußen ein graues, schmuddeliges Regenwetter verrät. Die Natur freut sich bestimmt über jeden Tropfen. Ich bevorzuge eine trockene Couch. Gemütlich breite ich mich darauf aus. Ich drehe mich auf den Rücken und strecke alle viere von mir. Ein behagliches Zittern durchflutet meinen Körper. Mm, das tut gut.

Doch dann zwickt mich irgendetwas über meinem rechten Auge. Ich fahre hastig mit meiner Pfote darüber. Danach befeuchte ich sie mit Speichel und reinige Zug für Zug Ohren, Augen und Stirn. Die Musik des Regenwetters rauscht derweilen sanft durch die unsichtbaren Fensterspalten. Ich gähne genüsslich und kuschle mich eingerollt an ein Kissen.

Meine Gedanken sind ein unerträglicher Störenfried meines friedvollen Seins. Sie gehen mir auf die Nerven. Je mehr ich sie ablehne, desto mehr tangieren sie mich.

Da springe ich auf meine Pfoten und tapse hinauf zu Maximus, der auf Tinas Schreibtischstuhl liegt.

»Maximus, bist du wach?«

»Jetzt schon.«

»Gestern Nacht sprach ich mit Yoda unterm Apfelbaum.«

»Ich weiß.«

»Aha.«

»Die Fenster standen offen.«

»Was sagst du?«

»Ob ich für die Rettungsaktion zu dumm bin?«

Oh Katz, oh Katz! Jetzt ist er beleidigt. »So meinte ich das nicht.«

»Ist schon gut. Dafür bin ich stärker als du und natürlich schneller.« Er gurrt selbstbewusst und zufrieden.

Ich atme tief durch, um den aufkommenden Ärger noch im Keim zu ersticken. »So ist es.«

Er weitet sein rechtes Auge im Zweifel über meine empfundene Ehrlichkeit.

»Du bist der schnellste Kater, den ich kenne«, gebe ich zu. »Du bist ein Held.«

»Keine Sentimentalitäten, bitte.«

Der Kater ist eine Zumutung. Dennoch ist er mein Bruder.

Ich springe mit einem Satz auf Tinas Bett. Dort liegt eine getigerte Felldecke, die mir lieb geworden ist. Sie erinnert mich an das weiche Fell meiner Mutter, obwohl das Fell der Decke imitiert ist. Ich strecke meine Beine nach vorne aus und lasse mich ganz und gar gehen. Wie bei Mamas Milchtritt knete ich abwechselnd rechts und links in die Decke hinein. Dabei schnurre ich in Harmonie mit den rhythmischen Tretbewegungen, bei denen ich meine Krallen ein wenig ausfahre. Normalerweise mache ich das nur, wenn Tina da ist. Heute habe ich aber richtig Bock darauf. Es beruhigt bestimmt das Chaos in meinem Kopf.

»Was wolltest du mich fragen?«, will Maximus nach einer Weile wissen.

»Was meinst du, soll ich auf Yoda hören?«

»Er hat etwas Unerklärbares an sich.«

»Unerklärbares?«, frage ich.

»Irgendetwas, das einem Sog ähnelt.«

»Genau!« Ich springe mit Schwung auf die Pfoten. »Aus einem unerfindlichen Grund will ich seine Worte hören. Ich vertraue ihm.«

Maximus gurrt zustimmend. Damit beendet er das Gespräch. Na ja, lange unterhält sich mein wortkarger Bruder ja nie. Ich rolle mich ein und kuschle mich tief in die Decke hinein. Kurz darauf versinke ich ins Katzenschlummerland.

Ein Auge offen, und schon springt mich der spielwütige Maximus an.

Im Haus ist es totenstill, was mir sagt, dass Sofie und Tina noch beim Shoppen sind. Ich gebe zu, ich habe Lust auf ein wildes Toben von Zimmer zu Zimmer und bin in Sekundenschnelle wach.

Ein sanfter Pfotenschlag auf mein Gesicht folgt, worauf ich geschickt kontere. Wir springen vom Bett, kugeln in kurzer Umarmung auf dem Parkettboden und knurren uns freundlich an. Im Grunde geht es nur um einen Sieg, der die Vormacht für den heutigen Tag entscheidet. Wir haben Spaß. Haare fliegen, aber wir verletzen uns nicht. Es ist toll, einen Bruder zu haben.

Als wir den Schlüssel im Schloss vernehmen, sprinten wir zum Eingang. Jeder will der Erste sein. Doch dann rutsche ich auf den Fliesen aus und schlittere auf die Wand zu. Meine ausgefahrenen Krallen helfen auf der glatten Oberfläche ganz und gar nicht. Maximus rauscht an mir vorbei und durch die Tür hinaus in die freie Natur. Er hat gewonnen.

Im Gang begrüßt mich Sofie, die ein wenig gestresst wirkt, Tina dagegen mit einem breiten Lächeln auf den Lippen. Sie hält einige Einkaufstüten in der Hand. Das Shoppen war wohl erfolgreich. Sie lassen die Tür offen stehen und so sehe ich Maximus hektisch seine linke Pfote putzen. Er dreht sich nach mir um. Mit einem zufriedenen Siegeslächeln stolziert er zurück ins Haus. Es gibt bestimmt gleich leckeres Bio-Huhn.

Es soll Lachs sein, dennoch genauso lecker. Danach verlassen Maximus und ich das Haus.

Im Garten treffen wir auf den kränklich wirkenden Kater. Sein braunes, mattes Fell ist struppig. Überall fehlen büschelweise Haare. Die vertrockneten Augen wirken müde und erschöpft. Das rechte bringt er nur zur Hälfte auf. Seine Ohrenränder sind eigenartig ausgefranst. Alte Narben offenbaren schmerzhafte Revierkämpfe. Eine davon ist bestimmt von Maximus. Dennoch ist er am Leben, oder besser gesagt, er kämpft sich durch das verheerende Leben ohne Dosen und die dazugehörigen Öffner.

In unserem derzeitig zufriedenen, dennoch konzentrierten Zustand ist er uns völlig egal. Wir ignorieren ihn und seinen Wunsch nach einer nahrungsreichen Heimat.

Maximus springt über den Zaun und macht sich davon. Ich setze mich auf die trockene Bank auf der Terrasse und putze meine Schnauze, Nase und meinen Schwanz. Der Kater hält derweilen einen gebührenden Abstand. Ruhig liegt er ein paar Meter von den Steinplatten entfernt im Gras. Ich rechne ihm das hoch an. Dann hebe ich meinen Kopf und stelle fest, dass die Sonne den Horizont in ein sanftes Rosa einfärbt. Das Wetter hat sich beruhigt. Die Regentropfen gehören der Vergangenheit an. Nur noch vereinzelt schweben graue Wolken vor dem klaren Himmel.

Die frische Brise ist hier geradezu einzigartig gut. Dennoch muss ich los. Ich tapse an der Hausmauer entlang zum Garten, um den geschwächten Kater mit einem entsprechenden Abstand in Ruhe zu lassen. Am Eck bemerke ich, dass der lästige kleine Grasfresser über den Rasen fährt. Unheimlich bewegt er sich von dem Schuppen hin zum alten Apfelbaum, der mitten im Garten steht.

Katzenärger! Ich muss an dem Stressmobil vorbei. Ich atme tief durch und sause über das Gras, wobei ich das Ding stets im Auge behalte. Einmal über den Zaun und die Anspannung lässt mich los. Puh! Ich hasse dieses gruselige Gerät.

An der Eiche angekommen, sind Feline, Blume, Maximus und Yoda vor Ort.

»Hey«, grüße ich alle zusammen.

Feline holt gerade Luft, als ihr Yoda zuvorkommt: »Bei den meisten von euch habe ich mich bereits vorgestellt. Maximus kennt nur meinen Namen und meine Einstellung zu obdachlosen Katzen.«

Maximus kennt seine Einstellung zu obdachlosen Katzen? Aha.

»Nun gut, ich stamme aus den USA. Nach einer unerträglich langen Quarantäne bin ich vor ein paar Tagen hier bei euch eingetroffen.«

Yoda grinst, warum auch immer.

»Meine Zweibeiner sind ein Ehepaar namens Elisa und Tony, die ursprünglich aus eurem Land stammen. Deshalb lebt ihr Sohn mit seiner Familie in diesem Dorf. Und jetzt wir.«

Ich nicke gelangweilt und gähne.

»Es wird bestimmt noch dauern, bis ich hier alle Katzen kenne.«

Mein rechtes Auge weitet sich bei dieser Kuriosität praktisch ganz von alleine. »Alle Katzen?«

»Ja! Ich möchte mich mit allen Katzen anfreunden.«

»Reichen wir nicht?«, fragt Blume schüchtern. Sie senkt ihren Kopf und blinzelt den alten Kater verlegen an.

Yoda lacht derart körperlich, dass sich seine Schultern heftig auf und ab bewegen. Ein Zirkusaffe könnte es bestimmt nicht besser darbieten.

»Die Freundschaft ist wichtig für ein friedliches Miteinander. Nicht jeder muss dabei ein guter Freund sein. Am Ende bleiben nur die guten.«

Ich verstehe kein Wort. Blume offensichtlich schon, weil sie übers ganze Gesicht strahlt. Heute verweilt sie auch nicht im Schatten der Eiche, sondern im Mondlicht direkt neben unserem Neuankömmling. Sie himmelt ihn mit funkelnden Augen an. Ob das Whiskers gefallen würde?

»Bist du mit dem Vorstellen fertig?«, frage ich ungeduldig.

»Du willst über einen Plan sprechen, wie du deine *entführten* Freunde finden kannst?«

Warum betont er *entführten* derart komisch? Hm. Ich antworte selbstbewusst: »Ja, das will ich.«

»Bevor wir irgendwas besprechen, möchte ich Maximus noch einmal offiziell danken, dass er Blume gerettet hat!«, wirft Feline ein.

»Ist schon gut.« Maximus hasst jede Form von Aufmerksamkeit. Starr blickt er vor sich auf den wurzeligen Boden.

»Irgendwo bringt der Katzenjäger seine Beute hin«, behaupte ich geschwind, um meinen Bruder aus dem ungewollten Spotlight zu ziehen.

»Beute?!«, quietscht Blume.

»Katzen«, gurre ich versöhnlich.

»Die Wahrscheinlichkeit ist groß, dass eure Freunde noch leben«, meint Yoda wie aus dem Nichts und bringt damit zum ersten Mal offen zum Ausdruck, dass sie auch tot sein könnten.

»Wieso bist du dir da sicher?«, fragt Feline.

»Nur so ein Gefühl. Warum sollte man wöchentlich eine Katze entführen, um sie zu quälen oder zu töten? Die Zeitspanne ist eigenartig.«

»Warum will man Katzen überhaupt quälen oder töten?«, frage ich.

»Angenommen, die Katzen wurden entführt. Du glaubst doch nicht, dass jemand das aus Liebe macht«, argumentiert Yoda, lächelnd über meine schockierte Miene.

»Wie bitte?«, fordere ich eine genaue Antwort ein. Tatsächlich bin ich bis gerade eben – anscheinend naiv – der Meinung gewesen, dass es den Katzen, wo auch immer sie sind, den Umständen entsprechend gut geht. Da fällt mir Sofies Bemerkung ein: *Man hört das Schlimmste!* Ein kalter Schauer läuft mir über den Rücken.

»Es gibt Individuen, die Tiere aus Jux und Tollerei quälen, dabei töten oder eben mit einer Absicht umbringen«, antwortet Yoda emotionslos; zu emotionslos für meinen Geschmack.

»Man muss bei der Ausarbeitung eines Plans alle Möglichkeiten in Betracht ziehen«, fährt er fort.

»Warum?«, will ich nun endlich wissen.

»Was, meinst du, hatte der Mann vor, der das giftige Fressen für uns auslegte?«, kontert Feline mit weit geöffneten Augen. Ihre dunklen, ovalen Pupillen malen dabei einen starken Kontrast zu ihrer kupfergetränkten Regenbogenhaut.

Hm. »Stimmt«, muss ich zugeben. Irgendwie hatte ich diese Tatsache verdrängt. »Warum machen Zweibeiner so etwas?«

»Ich kann nicht für jedes einzelne Motiv sprechen, aber die Mehrzahl davon wird simpler Spaß sein.«

»Yoda, du veräppelst uns«, bin ich mir jetzt sicher. Wem, bitte, sollte das Leid einer Katze Spaß machen? Allein unser Schnurren kann Menschen heilen?! Vor einiger Zeit lauschte ich einem Gespräch zwischen Klara und Sofie, wobei Klara von Felines guter Wirkung auf den alten Mann im roten Haus sprach. Wir Katzen können die Gefühle von Menschen positiv beeinflussen. So sieht es aus!

Yoda atmet geräuschvoll tief durch. Aha! Das hat Blume ihm auch schon beigebracht.

»Du hast recht. Im normalen Fall wirken wir positiv auf die Gefühlswelt der Menschen. Das hält jedoch andere nicht davon ab, uns oder allgemein Tiere zu quälen. Das Leid auf der Erde ist groß.«

Jetzt ist mir aus zwei Gründen übel. Erstens, ist Yoda der Telepathie mächtig? Das wäre für mich auf keinen Fall von Vorteil.

Und zweitens, müssen wirklich viele Tiere auf der Erde leiden?

Eine unheimliche Stille erfüllt unsere Gegend, als ob selbst das Leben im Wald für einen traurigen Moment stillstehen würde.

»Vielleicht verkauft er sie«, meint Blume. Sie wechselt bestimmt das Thema, weil sie spürt, wie sehr mir die Neuigkeit über die unsinnige Tierquälerei nahegeht. Ich ahne, dass sie das Leid kennt. Mit einem dunklen Schatten liegt es über ihren sonst so goldschimmernden Augen.

»Wer bezahlt heute für eine ausgewachsene Katze?«, wundert sich Feline.

Yoda nickt. »Gut kombiniert! Ich glaube auch nicht, dass es um einen Verkauf geht.«

»Was dann, um Katzen willen?« Feline ist angespannt. Ihre Ohren bewegen sich unabhängig voneinander schnell hin und her.

»Das muss Django herausfinden.«

»Ich?!«, entfährt es mir knurrend. Gerade mal bei uns angekommen, und schon stellt er frech Bedingungen.

»Du bist der Spurenjäger«, bemerkt Blume aufklärend.

Ach so, ja, natürlich, deswegen.

Der leuchtende Mond blickt aufmerksam auf uns herab, als ob er uns lauschen würde. Wir sind mit einem sinnvollen Plan für die Rettung meiner Freunde noch keinen Schritt weitergekommen und doch muss ich mich der Tatsache stellen, dass sie tot sein könnten. Ein Widerstand breitet sich in meiner Brust aus, der vehement dagegenspricht. Hoffentlich ist die innere Auflehnung die eigene Intuition, von der Blume oft redet. Angeblich liegt sie immer richtig.

Kira ist am Leben. Ganz bestimmt.

In der folgenden Nacht bin ich mit Yoda auf Wache. Es macht fast Spaß, mit ihm durch die vielen Gärten, Straßen und Wiesen zu ziehen. Ich kläre ihn über die Zweibeiner der Umgebung und ihre Tiere auf. Zudem warne ich ihn vor manch einem Menschen, dem Katzen oder nach heutigen Informationen wahrscheinlich global Tiere zuwider sind. Nur ein bedauernswerter Tierhasser kann die schönste und reinste Art der Tierwelt – uns Katzen – verachten.

Yoda scheint mir dankbar für meine Warnungen zu sein. Obwohl er ein ziemlich gutes Bauchgefühl hat. In einem Haus erspürte er, ohne hineinzugehen, einen alten Mann, der Tiere schlecht behandelt. Damit meine ich keine Tierquälerei, aber als Bello, der freche rote Pekinese, einmal über seinen Zaun hüpfte und auf seiner Terrasse bellte, warf er ein dickes Buch nach ihm. Bello sah es vom Balkon aus erst zu spät kommen und winselte vor Schmerzen. Hm, wie kann Yoda das wissen? Er ist ein komischer Kater-Typ.

Das Auto des Katzenjägers sehen wir in dieser Nacht nirgendwo fahren. Alle Straßen sind menschenleer. Vielleicht liegt es am erneuten Wetterumschwung.

Seit Kurzem prasseln dicke Regentropfen auf uns herab. Yoda scheint diesen Umstand komplett zu ignorieren. Ich dagegen halte mein Fell lieber trocken. Trotzdem ziehe ich weiter mit ihm durch die Straßen.

Hie und da treffen wir auf eine Katze der Umgebung, worauf Yoda sich gebührend nett vorstellt; zu gebührend für meinen Geschmack. Was soll das? Wir müssen doch keine Freunde von übel riechenden Katzen sein?! Ich halte mich da völlig raus und mit Mühe meine fauchende Abneigung im Zaum. Wirklich ein komischer Kater-Typ.

Und dann treffen wir auch noch auf den verwahrlosten braunen Kater. Er ist in der Tat nicht zu beneiden. Nach all den News von heute fühle ich mit ihm. Wer weiß, vielleicht hat ihm jemand die Haare büschelweise ausgerissen?! Seine grob verwachsenen Narben deuten jedoch eher auf mannigfache Revierkämpfe hin.

Da stellt sich Yoda bei ihm im Schutz eines Kastanienbaums vor.

Ausnahmsweise klinke ich mich ein und begrüße ihn ebenso mit weicher Stimme: »Hey, du«.

Er reagiert mit weit aufgerissenen Augen. Na ja, zumindest mit dem linken, das nicht halb zusammenklebt.

»Heute Nacht darfst du bei uns im Katzenhaus auf der Terrasse schlafen«, biete ich ihm großzügig an, da es ja in Strömen regnet.

»Das mache ich sowieso öfter.«

Ich unterdrücke erfolgreich die aufsteigende Wut in meiner Brust. »Ich weiß! Ich kann dich riechen, du …« Ich habe es nicht ausgesprochen. »Heute erlaube ich es dir.« Das ist etwas völlig anderes!

»Nahrung wäre mir lieber«, fordert er.

Kaum gibt man ihm eine Pfote, will er gleich alle vier!

Yoda lächelt. »Bei mir kannst du alles haben. Meine Klappe ist für jeden offen. Komm in mein Zuhause und hol dir, was du brauchst. Meine Zweibeiner werden dir nichts tun.«

Ich bin beeindruckt. Yoda lässt sein Revier für Katzen in Not offen. So etwas gibt es eigentlich unter uns Katzen ganz und gar nicht. Jede Katze verteidigt ihr Heim aufs Härteste.

So, jetzt laufen wir endlich zurück in unseren Garten, wenn auch den kränklichen Kater im Schlepptau. Ich freue mich auf ein gemütliches Schläfchen in Tinas Bett, als Yoda verkündet: »Ich komme später an unsere Stelle.«

»An der Eiche?«

»Nein, hier unterm Apfelbaum.«

Was will er noch? Seine stechend blauen Augen fixieren mich fordernd.

»Okay«, knicke ich ein. »Bis dann.«

Daraufhin bringt er den Kater tatsächlich zu sich nach Hause und lässt ihn sein Futter fressen. Er ist halt ein komischer Kater-Typ! Ich mache es mir derweilen unter der Steinbank gemütlich. Dorthin gelangt kein Wassertropfen.

»Wo ist er?«, frage ich Yoda, als er über den Zaun hüpft.

»Er ist sicher bei uns im Wohnzimmer. Er schläft.«

Ich schüttle innerlich über derartig viel Wohltätigkeit den Kopf. Trotzdem lösen seine Worte und Taten in mir eine Ehrfurcht aus. Gleichzeitig legt sich Yoda neben mich. Sein Kopf bleibt in der Höhe, seine Augen sind wohlwollend auf mich gerichtet. Er blinzelt, als ich ihn direkt ansehe.

»Was gibt es? Ich bin müde. Die Sonne geht gleich auf.«

»Du musst dich wappnen.«

»Vor dem Katzenjäger?«

»Ich bin mir unsicher, ob die Katzen wirklich vom Kastenwagenfahrer entführt worden sind.«

»Wie bitte?«, staune ich. »Ich habe dir doch von Blumes Rettung erzählt.«

»Weißt du, was der fremde Mann mit Blume gemacht hätte?«

»Sie entführt!« Ich weite mein rechtes Auge. »Was danach passiert wäre, weiß nur der Katzenhimmel und natürlich die betroffenen Katzen selbst.«

»Bist du dir zu hundert Prozent sicher, dass er Blume entführt hätte?«

Ich stelle mir in Gedanken das Erlebte vor. Er packte Blume am Hals, hievte sie in die Luft und ging zum Wagen. Was sonst hätte er mit ihr getan?

»Du darfst dich nicht nur auf eine Spur beschränken, Django. Vielleicht hätte er sie entführt, vielleicht aber auch nicht.«

»Okay, du hast recht«, gebe ich zähneknirschend zu.

»Weißt du, warum ich mich mit allen Katzen anfreunden will?«

»Nein, das liegt absolut außerhalb meines Verständnisses.«

»Halte deine Freunde nahe bei dir, aber deine Feinde noch näher. So wirst du ziemlich alt. Sieh mich an!«

»Was soll das heißen?«

»Nur so ein Tipp.«

Manchmal nervt mich dieser Kater aufs Äußerste. Ich hasse es, wenn ich keine klaren Antworten erhalte. Was soll ich mit dem undurchsichtigen Zeug anfangen?!

»Die klarste der klaren Antworten kommt mit der Erkenntnis.«

Jetzt ist mir anders zumute. Yoda ist der Telepathie mächtig. Mist! Ich denke vieles, was keiner zu wissen braucht.

»Äh … äh«, stottere ich, »kannst du Gedanken lesen?«

Yoda lacht, wobei sich seine Schultern überdurchschnittlich ruckartig auf und ab bewegen. Er sieht urkomisch aus. Er steckt mich an … nein … jetzt lache ich mit.

Mein Bauch tut weh. Gleichzeitig tut das Lachen verdammt gut. Es berührt meine Lebensenergie auf wundersame Weise.

»Also?«, frage ich nach einer Weile der Stille.

»Deine Augen verraten deine Emotionen. Sie sind leicht zu interpretieren.«

Meine Augen sind also die Übeltäter. Katzenärger! Ohne sie kann ich nicht sehen. »Okay. Also, was willst du von mir?«

»Dich für das große Ganze öffnen, den Widerstand umkehren und dir dabei innere und körperliche Stärke verleihen.«

»Widerstand gegen was?«, frage ich verblüfft.

»Der Widerstand, dich der Rettung deiner Freunde zu widmen, und zwar mit allem, was dazugehört.«

Ich schließe die Augen, nur zur Vorsicht, und denke über seine infame Aussage nach. Er hat recht! Da ist etwas in mir, genauer gesagt in meiner Brustgegend, das mir die Nachtwache erschwert und mich gerne im Haus meiner Zweibeiner verweilen lässt. Wie ein kleines Monster tangiert es meinen angespannten Körper. Es manipuliert mich.

»Der Widerstand resultiert aus der Angst. Ich bin der Meinung, dass er eine natürliche Folge deiner charakterlichen Eigenschaften ist.«

Abrupt öffne ich meine Augen. Charakterliche Eigenschaften?! Ich bin bestens ausgestattet.

»Damit bewerte ich keinen deiner Wesenszüge. Es geht mir darum, dass sie dir nicht hinderlich, sondern nützlich sind.«

»Bei was?«

»Deinem Leben, der Spurensuche, der Rettung deiner Freunde und so weiter.«

Er hat einen Punkt. »Ich höre!«

»Du bist ein junger Kater vom Typ Müßiggang, stimmt's?«

Ich knurre innerlich über seine Worte. Dennoch hat er recht. Wenn ich mich mit Maximus vergleiche, schlummere ich täglich ein paar Stunden mehr als er. Zudem macht er Türen auf, während ich mit einem gebührenden Abstand warte, um dann gemütlich über die Schwelle zu tapsen. Selbst die Plastikmaus mit Leckerlis lasse ich von Maximus mit der Pfote bearbeiten, bis die feinen Lachsstückchen herausfallen. Lecker! Hm, und unserem Spielball sprintet er ebenso ziemlich schnell hinterher, aber ich auch. Na ja, er ist definitiv aktiver als ich. Dafür habe ich eine größere innere Ruhe. Er steht ja ständig unter Strom.

Yoda wartet auf eine Antwort. Seine saphirblauen Augen durchbohren meinen Körper wie kleine, sanfte Nadelstiche.

»Stimmt«, gebe ich zu und bin froh, dass Kira diese Tatsache verborgen bleibt.

»Ein starker Körper ist wichtig, um im Leben zu bestehen. Egal ob bei einem Revierkampf, einer gefährlichen Spurensuche oder einer Rettung: Dein Körper sollte fit sein. Mit einem fitten Körper stärkt man das Selbstbewusstsein.«

»Und?« Ich bin ein junger Kater, der auch im Dolce-Vita-Sein superfit ist.

»Das kriegen wir schon hin«, erklärt Yoda. »Du musst nur bereit sein, den Müßiggang ein wenig aufzugeben.«

»Okay.« Ich bin darüber wenig erfreut.

»Dein Geist sollte dabei die turbulente äußere Fassade verlassen und in den wahren Ursprung seines ruhigen Seins eintauchen.«

»Okay.« Ich habe keine Ahnung, von was er spricht, da ich ja normalerweise die Ruhe selbst bin. Nervös werde ich eigentlich nur, wenn ich Yodas Worten lausche, so wie gerade eben.

»Und, wir lesen Spuren!«

»Wir?«

»Natürlich. Trotzdem musst du der Stratege und Leiter des Suchteams sein. Ich bin in solchen Dingen katastrophal.«

Ich lache, weil ich bezweifle, dass er in etwas schlecht ist.

Eine gespenstische Stille kehrt ein. Dabei bemerke ich, dass es zu regnen aufgehört hat. Die Luft ist nun ein Gemisch aus warmen und kalten Winden, die sich scheinbar im Strudel des Sogs umarmen. Ich atme tief durch. Eine Angst schleicht sich ein, den Anforderungen nicht gewachsen zu sein. Der Erfolg der Spurensuche liegt praktisch auf meinen Schultern, die noch sehr jung sind. Schlagartig sitze ich aufrecht. Mein Körper bebt.

»Wenn du Kira retten willst, musst du vollkommen bereit sein, den Weg zu gehen.«

Eine Verlegenheitsröte durchflutet meine Wangen. Katzenärger! Ich habe vergessen, meine Augen zu schließen.

Yoda lächelt derweilen genüsslich vor sich hin. Weiß er Bescheid? Ich behalte die Frage für mich.

Unwissenheit schützt zwar nicht vor Torheit, aber bestimmt vor der Blöße, als SAM-Kater verliebt, äh, … dass sie mir gefällt.

»Die Liebe ist das schönste Geschenk der Erde.«

Katzenärger hoch drei! Ich kann ganz und gar keine Emotion vor ihm verbergen. Jetzt reizt er meine Katzennerven bis zum Zerreißen. Wie, bitte, soll man in seiner Gegenwart gedanken- und emotionsleer sein oder mit geschlossenen Augen sehen?!

»Gute Nacht«, beende ich unser Gespräch.

»Gute Nacht, mein Freund.«

Seine Worte berühren mich tief im Inneren meines Katzendaseins. Dieser nervenaufreibende Kater ist mein Freund. Ich spüre es ebenso deutlich, wie er es tut.

Tinas Finger kraulen meinen Rücken, mm. Es tut gut, daheim in Sicherheit zu sein. Ich liege auf ihrem Schreibtisch, während sie Schularbeiten macht. Sie seufzt ständig. Vermutlich ist es Mathe. Das Fach mag sie überhaupt nicht. Die Zahlen sagen mir auch nichts. Katzenhimmel sei Dank, es gibt keine menschenähnliche Katzenschule.

Doch dann fällt mir Yoda ein, der mein Lehrer anderer Art sein will. Eine Furcht schleicht sich marternd durch meinen Körper.

Ich maunze.

»Was ist denn, Django?«

Ich drehe mich ein und lege meine Pfoten über meine Schnauze. Da spüre ich Tinas Kuss auf meiner Stirn. Sie ist die Beste! Ich schnurre an Tonstärke zunehmend und … eine Kralle erwischt mich am Nacken. Ich jaule und springe knurrend auf. Da steht Maximus mit einem unschuldigen Blick vor mir. Tina ist verschwunden. Zudem stehe ich auf Tinas Bett. Komisch, war ich nicht gerade auf dem Schreibtisch, als Tina Mathe-Hausi machte?

»Steh auf! Die Sonne geht bald unter.«

Losgelöst vom Schreck strecke und dehne ich meinen Körper, als Tina ins Zimmer schneit.

»Hey, du Schlafmütze.«

Damit bin wohl ich gemeint.

»Leckeres Huhn ist angerichtet.«

Habe ich gerade *leckeres Huhn* gehört? Es gelingt mir dennoch nicht, mit Schwung vom Bett zu springen. Meine müden Muskeln sträuben sich. Ich strecke meine Stirn in Tinas Richtung, die sie sofort küsst. Danach dehne ich mich, so gut ich kann. Als sich mein Körper weich und biegsam anfühlt, laufe ich der saftigen Mahlzeit entgegen. Maximus war schneller und frisst genüsslich dahin. Ich schiebe ihn ein wenig zur Seite, sodass ich den Napf gut erreichen kann.

Maximus verlässt das Haus, worauf ich mich zurück zu Tina ins Zimmer geselle. Ich brauche noch ein wenig Zeit, um mich mit Yoda und seinen Theorien auseinanderzusetzen. Zudem habe ich gerade richtig Lust auf Streicheleinheiten, was ja nicht immer so ist.

Tina liegt auf dem Bett und hört Musik mit Kopfhörern. Ich hüpfe mit einem Sprung auf die Matratze und drücke meine Stirn in ihre Hüfte. Ihr weicher, dünner Pullover schmiegt sich sanft an mich. Dabei bemerke ich, dass Tina traurig ist.

Hm, Sofie ist nachts oft traurig, weil sie ihren verstorbenen Mann vermisst. Dann liebt sie es, wenn ich mich auf ihren Bauch lege und schnurre. Die Vibration meines Körpers beruhigt ihr Herz. Zumindest glaube ich das.

Tina ist normalerweise eher wütend, wobei sie im Zimmer auf und ab rennt, was mich oft ganz kirre macht. Heute ist es anders. Deshalb tapse ich mit der rechten Pfote auf ihren Bauch und checke die Lage ab. Er ist ziemlich stabil. Eingerollt lege ich mich darauf. Sie krault mich, wenn auch abwesend. Ihr schneller Puls schlägt derweilen unsanft auf meinen Körper ein. Nach einer Weile spüre ich jedoch, wie er sich beruhigt. Sie nimmt die Kopfhörer ab.

»Django, morgen ist Papas Todestag.«

Ich drücke meine Stirn tief in ihre knochige Haut und schnurre.

»Papa ist schon eine Weile tot. Mama war so glücklich mit ihm.« Tina sieht mit leerem Blick zur Decke, worauf sie für einen langen Moment in Stille verweilt. »Schade, dass du ihn nicht mehr kennengelernt hast. Er hätte dich bestimmt stundenlang gekrault.«

Das wäre toll gewesen. Eine Träne läuft über Tinas Gesicht, was meine Brust eigenartig stark verhärtet. Ich strecke mich, reibe meine Stirn an ihrem

Unterkiefer und schnurre sanft. Dabei behalte ich sie stets im Auge.

Sie drückt mich fest an sich. Zu fest für meinen ruhigen Atem. Trotzdem schnurre ich, so gut ich kann, weiter. Ein paar von mir ungewollt verursachte Ächz-Geräusche fallen darunter, worauf sie ihre Umarmung lockert. Ein Kuss auf den Nacken folgt. Ich schnurre genüsslich.

»Glaubst du, dass ein Körper eine Seele hat und Papa mich beschützt?«

Natürlich, auch wenn ich keine Ahnung davon habe.

»Manchmal kommt es mir so vor, als ob er da wäre. Komisch, oder?«

Völlig.

»Vielleicht können du und Maximus ihn sehen?«

Einen Geist?! Mir stellt es fast die Haare auf.

»Ihr starrt manchmal so eigenartig in eine Richtung, als ob dort ein unsichtbares Wesen wäre.«

Ach so. Sie hat schon recht. Dort geht meistens etwas ab. Wir haben halt feinere Sinne als die Menschen. Das kann von einer Mini-Fliege bis hin zu einer eigenartigen Energie alles sein.

»Ich hab dich lieb, Django.«

Mein schnurrendes Ich drückt sich fest an ihren Körper. Es ist überaus gemütlich. Eigentlich könnte die Zeit jetzt stehenbleiben. Doch dann läutet auf einen Schlag Tinas Stressbalken und ich steh quer auf dem Bett. Tina nimmt das Gespräch an. Ich kuschle mich an ihre Taille. Sie krault mich, allerdings ungemütlich abwesend, was sie immer tut, wenn der Stressbalken ihre ganze Aufmerksamkeit verlangt. Ich wälze mich ein wenig hin und her. Nach einer Weile hüpfe ich auf das Fenstersims, um die Lage im Garten zu überprüfen. Er ist katzenleer, aber auf der Terrasse vorm roten Haus liegt eingerollt der abgemagerte Kater. Er hat sich wohl schon eingelebt. Yoda wird mir immer suspekter.

Ein Blick nach oben verrät mir, dass Eile angesagt ist. Von der Anwesenheit der Sonne zeugt nur noch eine winzige, auf dem Horizont stehende Sichel. Ein mystisches Abendrot verleiht der Landschaft eine himmlische Stimmung. Sogleich sprüht in mir die Vorfreude auf die freie Natur.

Ich springe vom Sims und laufe geschwind nach unten. Im Wohnzimmer lässt mich Sofie nach draußen. Gleich darauf tapse ich gemütlich durch den Garten und nehme neue Düfte auf. Dabei lege ich den meinen ab. Feline und Blume sind bestimmt schon an der Eiche. Keine bekannte Regung ist in ihrem Garten zu hören. Kein vertrauter Duft erfüllt meine Nasenhöhle. Da sprinte ich los, um sie nicht zu lange warten zu lassen.

An der Eiche ruft mir Feline entgegen: »Na endlich! Wo bleibst du nur?«

»Was ist denn los?« Hoffentlich keine weitere Entführung unter meiner Nachtwache.

»Wir erstellen Teams.«

»Feline, bitte!« Mich nervt es absolut, wenn ich als Antwort nur undurchsichtige Fetzen erhalte.

»Du bist der Vorsitzende des Katzenrats und wirst die Spurensuche leiten«, erklärt Yoda und spricht, als ob *er* der Vorsitzende und Stratege sei.

Zudem wäre ich gerne dabei gewesen, als er mit den anderen das offensichtlich gleiche Gespräch wie mit mir führte. Als Leiter der Spurensuche sollte ich voll und ganz informiert und ein Teil eines jeden Treffens sein.

»Du, Django, Blume und ich bilden ein Team. Feline und Maximus das andere.«

»Und dann?«, frage ich genervt.

»Sag du es uns.«

Dieser Kater bringt mich noch zur Weißglut. Ich soll jetzt ad hoc etwas auf die Beine stellen, was man angenehm und in Ruhe in einem Gespräch erörtern hätte können. Hm, alle Augen sind erwartungsvoll auf mich gerichtet. Ein verlegenes Gurren später frage ich: »Dürfen Feline und Blume nachts überhaupt raus?«

»Nachts sind nur wir beide und Maximus unterwegs«, erwidert Yoda.

Ich seufze tief. Genau nachts ist meiner Meinung nach die Spurensuche am wichtigsten. »Also gut, wir kennen die Düfte von Kira, Whiskers und Chico. Oder hat sie jemand von euch vergessen?«

Feline, Blume und Maximus schütteln den Kopf. Ihre aufgestellten Ohren und gefächerten Schnurrhaare zeigen zu mir. Gleichzeitig bewegen sich ihre in die Höhe ragenden, zuckenden Schwänze hektisch hin und her.

Blume ist heute besonders aufmerksam. Sie sitzt unter den anderen aufrecht vor mir im Kreis und lauscht konzentriert meinen Worten. Auch wenn ihre Maine-Coon-Erscheinung viel größer und prächtiger als die meine ist, komme ich mir gerade wie der König der Katzen vor. Nur ein angemessener rot-goldener Stuhl fehlt, der mir eine Ehrfurcht gebietende Höhe verleihen würde.

»Wir teilen das Gebiet um das Dorf herum ein. Sobald ihr Fährte aufnehmt, folgt ihr dieser«, ist meine erste Amtsanweisung, die mir als Leiter der Spurensuche ziemlich spontan in den Kopf schießt. »Danach nehmen wir uns die weiter entfernten Gebiete vor.«

»Mit Fährte meinst du den Geruch von einer der vier vermissten Katzen, oder?«, will Feline wissen.

»Genau!«

»Was passiert, wenn wir uns in unbekannter Landschaft verirren und nicht mehr nach Hause finden?«, klagt Blume, die niemals das Dorf und dessen unmittelbare Umgebung verlässt.

Feline kichert. »Blume! Du bist eine ausgewachsene Katze mit einem stark ausgeprägten Heimfindevermögen. Alle Katzen haben es von Geburt an. Die jüngeren Katzen müssen vielleicht noch etwas aufpassen, aber Django und Maximus haben ja uns dabei.«

Ich staune, da ich von dieser angeborenen Fähigkeit tatsächlich keine Ahnung hatte. Mir war lediglich bewusst, dass unsere natürliche innere Uhr perfekt eingestellt ist.

Diese basiert auf unserem Zuhause in Zusammenhang mit der Position der Sonne, was uns wiederum in fremder Umgebung hilft.

Blume seufzt mit bebenden Lauten. Sie legt ihre Schnurrhaare an. Der Kopf neigt nach unten. Ihre Schwanzspitze bewegt sich blitzschnell hin und her. Da stupst ihr Feline mit der Schnauze auf die Schulter. »Klara erzählte mir von einer Katze, die mit ihren Zweibeinern in den Urlaub fuhr.«

Die Vorstellung, dass ich mit Sofie, Tina und Maximus in den Urlaub fahre, bringt mich innerlich zum Kichern.

»Dort verschwand die Katze. Die Zweibeiner mussten ohne sie zurückfahren. Zehn Monate später kam sie zu Hause an. Sie war 700 Kilometer gerannt.«

Blume hebt den Kopf mit offen stehender Schnauze. Ihre gepflegten Zähne strahlen im Mondlicht wie spitze, miniaturähnliche Elfenbeine.

»Ich weiß nix davon.«

»Das erzählte sie mir vor deiner Zeit, Blume.«

Blume nickt zufrieden, denn wenn eine Katze 700 Kilometer zielsicher nach Hause laufen kann, geht sie ebenso wenig in der Wildnis der unbekannten Territorien verloren. Hmm, ist das realistisch? Egal, weiter!

Doch Yoda kommt mir zuvor. »Das ist noch gar nichts. Ich kannte einen Perserkater aus meiner damaligen Heimat Kalifornien, der sich weigerte, mit seinen Zweibeinern in das 2000 Kilometer entfernte Oklahoma umzuziehen. Er kam zu den Nachbarn, die ihm ständig übel riechendes Futter vor die Nase stellten. Daraufhin nahm er allen Mut zusammen, verabschiedete sich bei mir und rannte los, um seine Zweibeiner zu finden. Nach ein paar Monaten hörte ich Elisa und Tony über ihn sprechen. Er fand wohl sein neues Zuhause, zum Erstaunen seiner – wie er sie nannte – perfekt funktionierenden Dosenöffner.«

»Wie soll das gehen?« Maximus zweifelt an der Geschichte, so wie ich es tue.

»Die Menschen nennen es Psi-Trailing. Mein Freund spürte seine Zweibeiner auf, ohne seine üblichen Sinnesorgane zu benutzen.«

Ich staune, dennoch mit mehr Zweifeln als Glauben an Yodas Theorie von der Psi-Wahrnehmung. Wie auch immer, jetzt müssen wir von den hypothetischen Fähigkeiten des achten Sinns wieder zu den realistischen sieben finden.

Ich schlage vor: »Nachmittag ist die Zeit für Spurensuche. Die Nächte gehören Yoda, Maximus und mir. Also treffen wir uns jeden Mittag an der Eiche und planen das Gebiet für den darauffolgenden Nachmittag. Nach der Spurensuche treffen wir uns erneut an der Eiche, um unsere Ergebnisse zu besprechen.«

Da strahlt Yoda plötzlich aus allen Ecken seines Gesichts und meint: »Ich habe eine Überraschung für euch.«

Mir ist unwohl bei seiner Aussage, uns überraschen zu wollen, weil ich keine Ahnung habe, wie er das Wort Überraschung definiert.

»Bald zeige ich sie euch.«

»Wir freuen uns«, antworte ich aus Höflichkeit und in der Manier eines souveränen Anführers.

»Komm, Django, lass uns über die Steppen sausen«, schlägt mein Bruder daraufhin ohne Vorwarnung vor. »Unsere Freunde warten bestimmt an der Eiche auf uns, bevor sie nach Hause gehen.«

Yoda nickt Maximus zu. Ich rieche den Braten. Mein Müßiggang hat ein Ende, zumindest muss ich mich heute mehr als sonst bewegen.

»Okay.« Mir bleibt ja nichts anderes übrig.

Maximus jagt wie von der Tarantel gestochen los. Ich fetze am Waldrand entlang hinterher. Nach einem Getreidefeld erreichen wir eine Wiese, die erst vor Stunden abgemäht wurde. Somit rieche ich den Duft von frischem Gras, was meinen angespannten Geruchssinn vom vorherigen überbesuchten Weizenfeld erholt. Die mannigfachen Eindrücke fremder Katzen und anderer Tiere sind manches Mal ein wenig überwältigend. Doch die Natur weiß, wie sie unsere Geruchsnerven heilsam streicheln kann.

Es ist schwer, Maximus einzuholen, aber ich gebe alles, was meine jungen Muskeln hergeben. Derweilen gleiten meine Pfoten sanft über das stachelige Gras, das immer wieder kahle Flecken mit trockener Erde aufweist. Da entdecke ich eine Maus, die hastig in ein Loch schlüpft. Abrupt drehe ich mich im Galopp um und bleibe stehen.

»Hey, Maximus, lass uns auf die Maus warten.«

Ich stelle mich in Lauerposition und starre konzentriert auf das Loch, als mein Bruder umkehrt. Mein Körper bereitet sich auf den Hechtsprung vor.

»Keine Maus!«

Wie redet der mit mir?! Ich tue, als ob ich keinen Laut hörte.

»Keine Maus!«

»Wir sind Katzen. Wir lieben Mäuse, auch auf einer Langstrecke regen sie unseren Spieltrieb an.«

»Yoda sagt, keine Ablenkung. Wir müssen uns auf das wesentliche Ziel konzentrieren: das Auffinden unserer Freunde. Eine Maus ist eine Ablenkung. Wir sollen durchlaufen und uns zurückmelden«, spricht er monoton, als ob er eine programmierte Maschine wäre.

Hat Maximus von Yoda eine Gehirnwäsche erhalten?

»Komm, lass uns mit ihr spielen!«, fordere ich ihn freundlich auf. »Sie kommt bestimmt gleich raus.«

»Nein.«

»Du liebst es, mit Mäusen zu spielen. Was ist los?«

»Ich vertraue Yoda.«

Yoda muss einen starken Eindruck bei Maximus hinterlassen haben, wenn er auf sein geliebtes Spielzeug – eine lebendige Maus – verzichtet.

»Komm schon, ihre schnellen Bewegungen regen dich doch genauso wie mich zu einem appetitreichen Spiel an.«

Gleich habe ich ihn am Haken!

Er jedoch läuft los und treibt mich mit an.

Ich gebe auf. Was ist nur mit Maximus passiert?

Ich sprinte und hole ihn ein. Seite an Seite laufen wir über das Gras. Da bemerkt er erschreckend gelassen: »Ich spiele nicht mehr mit lebendigen Tieren.«

Das kann ich auf keinen Fall glauben. »Was ist mit Vögeln? Das sind auch Tiere.«

»So oder so ist es Tierquälerei.«

Ich stolpere und falle auf meine Nase. Das ist mir noch nie passiert. »Was?!«

»Yoda sagt, dass es Tierquälerei ist.«

»Und deshalb kannst du deine überaus geliebten Jagd- und Spielinstinkte aufgeben?«, staune ich ungläubig.

»Was halten wir von Menschen, die Katzen quälen?«

»Ich habe ja erst vor Kurzem erfahren, dass Menschen so etwas tun.«

»Was halten wir von dem Mann, der auf Bello ein Buch warf?«

»Weniger als nichts.«

Maximus sieht mir tief in die Augen. Katzenärger, nein! Mein kleiner Bruder hat mich sprachlich gekonnt überwältigt. Er hat recht. Und was denken die Menschen über uns, wenn wir Mäuse quälen?! Mir wird ganz anders zumute.

Deshalb freuen sich Tina und Sofie so gar nicht über mein gut gemeintes Geschenk. Anstatt mich zu loben, prallen ihre Worte wie ein Donnerschlag auf mich herab. Mir schießt Hitze ins Gesicht. Oh Katz, oh Katz, da muss ich mich ja vor meinen Zweibeinern richtig schämen.

Mein Katzenjammer ist groß. Wahrscheinlich werde ich jetzt wirklich heilig. Oh, Katzenhimmel, ich muss doch nicht auch noch zum Vegetarier werden?! Da stellen sich vor Schreck meine Haare auf.

»Was ist?«, wundert sich Maximus über meinen schockierten Gesichtsausdruck.

Nichts sage ich, gar nichts! Die Unwissenheit lässt mich an ein köstliches Huhn als nächste Mahlzeit denken. Aber halt, ich quäle das Huhn ja nicht. Und überhaupt stellen mir Tina und Sofie die Mahlzeit hin. Katzenhimmel sei Dank! Nicht alles in meinem Leben verändert sich.

Als wir weiter durch die Wiesen und Felder rund um unser Dorf laufen, fällt mir der lange und sinnlose Weg keineswegs mehr auf. Ich denke an die vielen Mäuse und Vögel, die ich gejagt, gekonnt überwältigt, gegessen oder mit denen ich gespielt hätte. Katzenjammer, oh Katzenjammer, wie wird mein Leben ohne den Genuss eines lebendigen Spielzeugs aussehen? Werde ich den köstlichen Geschmack eines Vogels oder einer Maus wieder los? Vergesse ich die Wohltaten meiner Sinne? Oder jagen sie mich mein Leben lang? Da erscheinen Sofie und Tina vor meinem inneren Auge und schon wird mir wieder ungemütlich heiß zumute.

Okay, es muss sein! Ich beschließe feierlich, dennoch wehmütig: »Kein Tier wird mehr von meiner Pfote gequält.«

»Was ist denn jetzt schon wieder los?«, beschwert sich Maximus genervt über mein plapperndes Murmeln.

»Nichts. Lauf weiter. Bald sind wir zurück an der Eiche.«

Und so ist es auch.

»Wie war's?«, fragt Feline.

»Rasant«, keuche ich, obwohl ich meine Erschöpfung gerne für mich behalten hätte. Maximus dagegen wirkt, als ob er gerade loslaufen würde. Ich verstehe das nicht. Wir haben die gleiche Abstammung, vielleicht unterschiedliche Väter, sind beide gleich jung, dennoch ist er fit wie die schnellste Pfote der Welt.

Ich erhole mich mit tiefen Atemzügen, als Maximus den anderen von unserem Lauf erzählt. Meine Gedanken schweifen ab. Ich frage mich, wie die Spurensuche verlaufen wird. Können wir eine Spur aufnehmen? Sind sie irgendwo hier in der Gegend oder ist doch der Kastenwagenfahrer ein Katzenjäger? Fragen über Fragen quälen meine Gedanken. Ich finde keine Antworten und lausche Maximus, der heute überraschend gesprächig ist. Yodas Einfluss auf uns alle ist gruselig, dennoch deutlich zu sehen.

Der helle Mond blickt sanft auf uns herab. Ich spüre seinen mitfühlenden Blick auf meiner felligen Haut, als Yoda uns auffordert, unter ein paar weit herunterhängenden Ästen und Zweigen in den Schatten der Eiche zu kriechen. Nahe am Baumstamm eröffnet sich uns die Magie der Schönheit. Die Lichtstrahlen des Mondes spitzen durch die wenigen Luftlöcher der gebuchteten Blätter hindurch, wobei die Brise der Nacht sie wie glitzernde Sterne auf dem wurzeligen Boden tanzen lässt. Die Bühne der Natur ist berauschend schön.

Wir setzen uns im Kreis, worauf uns eine geheimnisvolle Stille wohlwollend einnimmt.

»Meine Freunde«, beginnt Yoda nach einer Weile mit einer angenehm tiefen Stimme, »ab morgen gehen wir auf Spurensuche. Davor möchte ich mit euch über die geistige Entwicklung sprechen, die den Erfolg zielsicher unterstützt.«

Blume strahlt übers ganze Gesicht. »Wir sind die geordnete Einheit der lehrenden Weisheit.«

Oh Katz, oh Katz! Wenn das so weitergeht, nehme ich mir beim Zuhören den Strick. So schön, wie meine Umgebung ist, so nervig ist das Philosophieren über Dinge, die keiner versteht.

Yoda nickt Blume zu. »Gut, ihr seid vier an der Zahl. Vier ist eine bedeutende Zahl im Universum. Das ist auf jeden Fall Erfolg versprechend.«

Er blickt in unsere fragenden Augen.

»Die vier Jahreszeiten oder die vier Phasen des Mondes und so weiter.«

Blume wirkt, als ob sie gleich vor Freude platzt. Bei mir schleicht sich eher der Unmut ein.

»Und du?«, frage ich. »Bist du nicht der Fünfte im Team?«

»Bestimmt. Allerdings bin ich nur ein Hilfssheriff.«

Ich kichere. Überraschenderweise schließt sich mir keiner an.

Gleichzeitig fragt Maximus: »Was ist ein Hilfssheriff?«

»Das weißt du doch!«, werfe ich geschwind ein. »Tina hört doch manchmal zum Einschlafen Benjamin Blümchen an. Dort ist er einmal ein Sheriff und fliegt in Yodas alte Heimat.«

Maximus überlegt laut: »Ein Sheriff untersucht die Spuren eines Verbrechens, fast so wie wir.«

»So ist es«, antwortet Yoda, »nur, dass ich ausschließlich ein Hilfssheriff bin. Meine großzügige Statur ist ausgesprochen ungünstig für eine gefahrenreiche Situation, in der wir unerkannt bleiben sollen.«

Alle verstehen.

»Mein Part ist es, euch die geistige Kriegskunst der Katzen zu lehren.«

Blume schnurrt. Warum tut sie das? Und warum spricht Yoda ständig von Kampf und jetzt auch noch von Krieg?! Ich bin doch kein Feldherr, der mit wehender Fahne auf ein blutiges Schlachtfeld zurennt!

»Krieg wird dabei keinesfalls wortwörtlich genommen.«

Ach ja, ich vergaß, in Yodas Umgebung nicht mehr zu denken. Das ist aber auch schwer.

»Er symbolisiert die konfliktreiche Entscheidung zwischen Leben und Tod. Von ihr hängt der Ausgang vieler Situationen ab. Wir mutigen Katzen blicken dem Tod öfter ins Auge, als es uns lieb ist.«

»Meinst du«, fragt Feline, »dass meine Entscheidung, ein offensichtlich ausgelegtes Futter zu fressen, mich vor die Herausforderung stellte, dem Tod entgegenzutreten?«

»Es war eine Entscheidung, die du getroffen hast. Trotzdem ist auch der Tod nicht immer ganz wörtlich zu nehmen. Der Tod kann auch Leid bedeuten.«

Wie bitte?, rufe ich dröhnend in meinem Geist.

Yoda blickt Blume tief in die Augen, worauf sie nickt.

»Blume wurde die ersten Jahre ihres Lebens durch Stromschläge und andere Grausamkeiten gequält. Ein kriegsähnlicher Zustand war ihre tägliche Realität. Sie war zu schwach und ängstlich, um sich zu wehren. Sie blieb und ertrug. Die geistige Kriegskunst hätte sie gestärkt. Der Entschluss wäre anders ausgefallen. Sie hatte Glück. Der Tod stand vor ihrer Tür, als Fremde ihre Zweibeiner wegen Tierquälerei anzeigten. Im Tierheim päppelte man sie auf und Klara ist ein echter Glücksgewinn.«

»Ich erkenne hier keine Entscheidung«, kontere ich, trotzdem mit einem großen Herz für Blumes Geschichte.

»Die Entscheidung war das Ertragen der Qualen. Sie hätte die richtige Situation abwarten, sich gekonnt wehren und davonlaufen können.«

»Um in Armut auf der Straße zu leben, so wie der braune Kater?«, entgegne ich entsetzt.

»Er heißt jetzt Milo«, erklärt Yoda mit einem wohlwollenden Lächeln auf seiner Schnauze. »Meine

Zweibeiner denken, dass sein Fell dem Honig gleicht. Morgen fahren sie mit ihm zum Doktor. Danach riecht er bestimmt besser.«

Ich staune mit offener Schnauze.

»Wir reduzieren mit der geistigen Kriegskunst die Macht unserer Gedanken, da jeder Gedanke eine Emotion auslöst und diese wiederum unsere Taten beeinflusst. Das heißt aber auch, dass manche Situationen kein Handeln erfordern.«

Die Kontrolle über unsere Gedanken ist der Schlüssel für einen Erfolg. Hm, okay, das nehme ich einmal derart hin.

»Falls ihr bei der Spurensuche in eine gefährliche Situation geratet, müsst ihre eure Gedanken im Griff haben, um die richtige Entscheidung zu treffen. Oder praktischer gesagt, wenn euer Fluchtreflex eintritt, der Weg jedoch über eine befahrene Straße führt, ist es gesünder, euren Verstand einzusetzen, den Reflex zu überdenken, um nicht überfahren zu werden. Es gibt immer eine andere Lösung, nur muss bei Gefahr der Gedankengang flink und schnell ablaufen. Deshalb brauchen wir ein Training.«

Blume fragt ungeduldig: »Wie können wir unsere Gedanken kontrollieren?«

»Mit Meditation.«

Eine unheimliche Stille tritt ein, für die ich keine Worte finde. Eine Katze soll meditieren? Ist das ein Witz?! Normalerweise ist das Klaras Ding.

»Im Grunde sind wir von Geburt an Meister der Meditation. Ob wir genussvoll treteln, schnurren oder uns dem Schlummer hingeben. Nur was, wenn uns Gedanken plagen? Dort fangen wir an. Bis morgen meditieren wir mindestens einmal bewusst. Denkt an etwas, das euch Angst einjagte. Spürt die emotionale Folge des Gedankens. Danach schickt ihr die Worte samt ihrer Emotion in die Wüste. Das sollte in Windeseile passieren. Je länger ihr braucht, desto schwerer wird Schritt 2 der geistigen Kriegskunst der Katzen.«

»Schritt 2?«, wundere ich mich. Wie viele Schritte gibt es?

»Schritt 2 hätte Feline davon abgehalten, das giftige Futter zu fressen. Jetzt ist es aber genug für heute. Ein Schritt nach dem anderen. Bald kommt meine Überraschung! Ein Spaß auf vier Pfoten.«

Er will uns nicht zu viel auf einmal zumuten. Er hat recht. Mir schwirrt der Kopf vor lauter Informationen, die ich in die Tat umsetzen soll. Katzen meditieren?! Ich denke, dass Yoda spinnt. Trotzdem klebe ich an seinen Worten wie der Leim am Holz. Ich vertraue ihm, wenn ich auch gewiss nicht alle seine Theorien als die absolute Wahrheit ansehe. Wo die Grenze zu ziehen ist, liegt mir verborgen. Ich bin ja noch jung und unerfahren.

Meine Gedanken kreisen wie wild in meinem Kopf. Ich fühle mich erschöpft und das hat keineswegs etwas mit der Geschwindigkeit des Lauftrainings zu tun. Es ist die lästige Veränderung, die sich derzeit in meinem Leben auf unterschiedliche Art und Weise einschleicht. Ich lehne sie in all ihren Facetten ab, was mich nicht weiterbringt.

Da gähne ich genüsslich und lege mich eingerollt auf den Boden. Die anderen folgen mir. Derart verbringen wir eine kurze Weile miteinander. Die gemeinsame Zeit in Stille tut uns allen gut. Sie vereint uns auf eine emotional bindende Weise.

In dieser Nacht wachen Maximus und Yoda über die Katzen der Umgebung. Während sie durch die Straßen ziehen, liege ich gemütlich auf der grauen Couch im Wohnzimmer.

Ich muss mich ausruhen, um meine unruhigen Nerven zu besänftigen. Ein bewusstes Meditieren ist mir unmöglich. Nicht einmal das Schnurren macht im Bewusstsein der Notwendigkeit Spaß. Aus irgendeinem Grund werden die Gedanken lauter, wenn ich sie abstellen will. Ständig schießen mir Yoda und seine Aussagen zur geistigen Kriegskunst der Katzen in den Kopf. Geistige Kriegskunst der Katzen, gibt es so etwas überhaupt? Wahrscheinlich macht uns Yoda alle zum Affen und wir sind zu dumm, es zu bemerken.

Nein! Ich bin zwar noch jung, aber ein intelligenter Kater.

Da höre ich den Schlüssel im Schloss der Hauseingangstür und sprinte los. Tina kommt nach Hause. Ich begrüße sie mit einem Druck auf ihren Unterschenkel, schleiche durch ihre Füße hindurch und schenke ihr noch einmal einen dicken

Begrüßungsdruck. Sie legt ihre Tasche zur Seite und krault mich am Rücken.

»Schläft mein Django noch gar nicht?«

Nein, dein Django hat Hunger. Sofie ist schon eine ganze Weile im Bett. Die zahlreichen Meditationsversuche haben meinen Appetit auf eine genussvolle Nahrung angeregt.

Natürlich versteht sie von meinem Maunzen kein Wort. Ich sause auf den Katzenfutter-Schrank in der Küche zu, halte davor an und gebe ihr mit starrem Blick zu verstehen, dass es sich um meine Nahrungsaufnahme handelt. Sie beugt sich zu mir und streicht über meinen Kopf. Ich schnurre, strecke ihr meine Stirn entgegen und erhalte ein kurzes Bussi darauf. Danach öffnet sie die Tür, holt eine rosa Dose heraus und legt mir etwas Lachs in den Napf.

»Bio-Lachs mit Lachsöl. Das schmeckt bestimmt lecker.«

Gelee ist mir lieber, aber was soll's. Ich schaufle mit einem Mordshunger den Lachs in mich hinein. Mmh, Bio-Lachs schmeckt vorzüglich.

Mit vollem Bauch überfällt mich zufrieden der Drang zum Säubern. Ich tapse durch die Küche, als mich Tina entdeckt und greifen will. Ha, ich bin schneller. Ich drücke mich auf den Boden und laufe unter ihren Händen und zwischen ihren Füßen hindurch. Jetzt muss ich flink sein. Im Wohnzimmer ist mein Ziel die Höhle vom Kratzbaum. Sie ist mein Zufluchtsort, wo mich keine menschliche Hand erreichen kann.

Doch Tina erwischt mich noch im Sprung, zieht mich in die Höhe und drückt mich fest an ihren Oberkörper.

Mir ist nicht nach Schnurren oder Kuscheln zumute. Ich will jetzt meine Ruhe. Um sie zu erhalten, strecke ich mich mit aller Kraft. Dabei drücke ich meine Hinterpfoten unsanft in ihren Oberarm.

»Ach, Django, ein bisschen kuscheln, m-hm?«

Wir Katzen sind da eigen, was das Kuscheln angeht. Wir haben darauf Lust, oder eben nicht. Wenn das Letztere der Fall ist, sind wir auch als abgestempelte Kuschelmonster eisern. Außerdem halten wir es nie lange aus, obwohl uns diese Tatsache in der Ekstase des Wohlbefindens selbst als eigenartig erscheint.

Tina respektiert meinen Willen und setzt mich auf der Couch ab. Da packt mich die wohltuende Raserei. Mit einem Satz springe ich auf den Boden, fetze auf den Gang zu und bremse scharf vor der Treppe, wobei ich den Boden entlangschlittere. Mit einem Blick zur Küche entdecke ich Tina, die mir hinterherläuft. Ich sprinte die Stufen hinauf und warte, bis sie nachkommt. Doch sie bleibt aus. Macht nichts. Ich renne in Tinas Zimmer. Dort warte ich für ein paar Sekunden. Nichts. Dann laufe ich ins Bad, um den großen Teppich mit meinen Krallen zu bearbeiten.

»So wild«, meint Tina, als sie zur Tür hereinkommt.

Ich widme mich weiter der flauschigen Wolle. Welch Wohlgefühl! Danach schnurre ich um ihre Füße herum.

»Schläfst du heute bei mir, Django?«

So ist es! Tina weiß halt, was mir guttut.

Im Bett tretel ich mit den Vorderpfoten in die kuschelige Decke und mit den Hinterpfoten auf Tinas Oberschenkel. Eine Wohltat! Doch dann überfällt mich die Müdigkeit. Ich rolle mich ein und versinke ins Katzenschlummerland.

Am nächsten Morgen wache ich mit einem bestimmten Duft in meiner Nase auf. Ich strecke neugierig den Kopf in die Höhe. Tina ist schon weg. Tief einatmen, und? Ja! Es ist Wurst, was es in meinem Zuhause so gut wie nie gibt. Bestimmt bekommen wir Besuch von Gerd, Sofies Bruder, der ohne Wurst nicht leben kann. Wahrscheinlich war er im Vorleben eine Katze.

Ha! Und da höre ich schon seine tiefe Stimme. Natürlich! Er ist da, weil heute der Todestag von Tinas Papa ist. An diesem Tag wollen sie gemeinsam brunchen. Ich springe vom Bett, laufe den Gang entlang, die Treppe hinunter und in die Küche hinein. Dort begrüße ich Gerd mit einem Streifzug über seinen rechten Unterschenkel.

Er streichelt mich. »Ja, wo ist denn mein Django?« Diese Frage stellt er mir jedes Mal. Und jedes Mal habe ich Mitgefühl.

Mit einem Rundumblick bemerke ich, dass Sofie und Tina mit den Vorbereitungen beschäftigt sind. Hervorragend! Da tapse ich auf meinen Fußballen dem verführerischen Duft von Wurst entgegen.

»Django!«, hallt Sofies Stimme im Esszimmer.

Mist! Woher weiß sie, dass ich hier allein im Eldorado der geschmacklichen Genüsse bin? Meine flauschigen Pfoten schleichen praktisch geräuschlos. Egal, ich springe auf den Stuhl und sehe auf Augenhöhe eine riesige Platte mit allerlei Wurstsorten darauf. Es riecht unwiderstehlich gut. In meiner Brust treibt mich ein kleiner Teufel an, hinaufzuspringen und mir ein paar Scheiben zu gönnen. Aber die warnende Stimme von Sofie hält mich ab.

Katzenärger, weil ich auch immer auf sie hören muss. Maximus verhält sich in solchen Situationen ganz anders. Warum ist er nie da, wenn ich ihn brauche?! Er würde jetzt blitzschnell die Wurst von der Platte klauen, sie auf den Boden ziehen und mir etwas davon abgeben. Der dicke Zeigefinger von Gerd bewegt sich dann gewöhnlich nur vor Maximus' Augen hin und her. Mich streichelt er daraufhin meistens, weil ich so brav bin. Danach muss Maximus raus und ich kriege eine Extraportion von der Wurst ab. Ich kichere innerlich über diese Tatsache.

Sofie kommt mit einem Brotkorb ins Zimmer. »Brav, Django. Du weißt ja, wo dein Platz ist.«

Ich gähne genüsslich und hüpfe auf den hinteren Teil des lang gezogenen rechteckigen Tisches. Natürlich weiß ich, wo mein Platz ist. Dennoch rücke ich ein wenig näher zum Geschehen. Vielleicht vergessen sie, dass ich überhaupt da bin? Zur Entspannung recke und strecke ich meinen schön geformten Katerkörper. Danach lege ich mich ausgestreckt hin, wobei ich die köstliche Beute stets im Auge behalte. Hoffentlich hat

Gerd keinen Mordshunger, sonst bleibt nichts mehr für mich übrig.

Sie essen. Ich gähne. Tina streichelt mich hie und da. Ihre Gespräche haben allesamt mit der Arbeit zu tun. Auch Sofies Bruder ist Arzt.

Da schweifen meine Gedanken zu Kira ab. Katzenärger! Jetzt bin ich angespannt. Ich muss sie zurück nach Hause bringen und dafür, m-hm, dafür habe ich doch eigentlich Wurst als Belohnung verdient. Schon mal vorab zum Ansporn.

Die drei sind ziemlich tief in einem Gespräch versunken, was äußerst gut für mich ist. Vielleicht, hm, vielleicht muss ich mich nur lang genug strecken, um unsichtbar zu werden? Meine filigrane Statur verschwindet sicher im dunklen Grau der Tischdecke. Ich probier's.

Zuerst strecke ich in Zeitlupe meine Vorderpfoten aus, robbe in Richtung Wurstplatte und …

»Django«, dröhnt Tinas Stimme in meinen Ohren.

Es war nur ein kleiner Rückschlag. Meine Pfoten ruhen weiter kurz vor der Platte. Ich halte mich ruhig, als ob es mich gar nicht gäbe. Dabei schließe ich meine Augen. Mein Atem ist vollkommen flach. Kein Laut kommt aus mir heraus. Hervorragend, niemand beachtet mich. Ein Katzensprung, zwei Katzensprünge, drei Katzensprünge … jetzt ist es so weit. Ich öffne einen Spalt weit die Augen, während sich meine rechte Pfote in schildkrötenartiger Geschwindigkeit auf eine Scheibe Wurst hinbewegt. Ich fahre die Krallen aus … oh nein! Gerds Zeigefinger bewegt sich unsanft vor meinen Augen hin und her. Mist! Ich war doch schon unsichtbar! Oder nicht? Dieses Mal ist es ein großer Rückschlag. Ich muss vom Tisch und aus dem Zimmer.

Doch Gerd vergisst, die Wohnzimmertür zu schließen, und schon bin ich wieder im Esszimmer. Ich schnurre lautstark, als ich jeden der anwesenden Unterschenkel versöhnlich streife. Daraufhin hüpfe ich neben Sofie auf den Stuhl. Ich beuge mich zu ihr und reibe meinen Kopf an ihren Oberarm.

»Nein, Django, die Wurst ist für Gerd.«

Ist schon klar, aber der kann ja nicht die ganze Platte essen. Ist bestimmt ungesund für einen Menschen.

Ich miaue. Keine Reaktion.

»Die Kosten in unserem Krankenhaus steigen immens an. Wir müssen um jeden Preis operieren, um unsere Abteilung zu erhalten«, erklärt Gerd.

»Um jeden Preis?«, fragt Tina.

»Unser Ruf ist gut. Trotzdem müssen wir werben, um Patienten zu uns zu holen.«

»Mir kommt das falsch vor, wenn man um kranke Menschen werben muss«, meint Tina mit rollenden Augen. »Die Arbeit eines Arztes sollte kein Geschäft, sondern eine Hilfeleistung zur Heilung sein.«

Sofie und Gerd tauschen einen unmissverständlichen Blick aus, den ich derart interpretiere, dass Tina jung und naiv ist. Das Leben hat sich ihr bis jetzt erst in wenigen Facetten gezeigt, die ihr jedoch die jugendliche Leichtigkeit erhalten, die wohl für ihr

Alter wichtig ist. Hm, was weiß ich schon als Kater?! Wir haben ja ganz andere Probleme als die Menschen.

»Habt ihr etwas über die verschwundenen Katzen gehört?«, wechselt Gerd das Thema.

»Nein«, antwortet Sofie. »Wir haben keine Ahnung, was mit ihnen passiert sein könnte.«

»Man hört ja das Schlimmste! Die br…«

»Nein!«, ruft Tina. »Erzähl nichts, sonst kriege ich Alpträume.«

Könnte *das Schlimmste* tatsächlich eine Tierquälerei bedeuten? Katzenschock, was sind das nur für Menschen!

Mit einem Sprung hüpfe ich auf den Boden, schleiche zu Tina und setze mich neben sie auf den Stuhl. Dabei reibe ich meine Stirn fest an ihren harten Ellenbogen. Ich schnurre, was das Zeug hält. Vielleicht hat sie ja mit mir Erbarmen, weil ich so ein toller Schnurrer bin.

»Was ist denn, Django?«, fragt Tina mit liebevoller Stimme.

Ich schnurre mit wachsender Lautstärke. Sie krault meinen Nacken. Es tut gut. Sehr gut. Ein Kuss auf die Stirn folgt, worauf sie flüstert: »Vielleicht kann ich dir eine Scheibe stibitzen.«

Tina ist die allerbeste und liebste Katzenflüsterin der Welt. Die Wurst liegt praktisch schon auf meiner Zunge.

Und sie hält ihr Wort. Nach einer unerträglich langen Stunde liegt eine Gelbwurst im Napf und kein Maximus ist weit und breit zu sehen. Somit ist sie nur für mich, ganz allein! Trotzdem beeile ich mich, nicht dass Maximus doch noch um die Ecke biegt. Ein hungriger Löwe ist keineswegs zu unterschätzen.

Nach diesen ausgiebigen Stunden daheim freue ich mich mittags auf die freie Natur. Ich bin gestärkt und guten Mutes, auch wenn das Meditieren im eigentlichen Sinne fehlgeschlagen ist. Mal sehen, was Yoda heute für eine Überraschung für uns bereithält.

An der Eiche stehen Feline, Blume und Yoda startklar für die Spurensuche. Ich grüße sie und frage: »Wisst ihr, wo mein Bruder ist?«

Keiner hat eine Ahnung, als er mit Karacho auf uns zurennt. Er riecht nach Wurst! Wahrscheinlich lag er auf dem Dachboden, als ich im Esszimmer mit allen Mitteln der Wurst näher kommen wollte. Aus irgendeinem Grund bleiben die Gerüche aus dem Esszimmer im ersten Stock hängen.

Wie auch immer, jetzt ist er da. Wir teilen uns wie geplant auf und legen los. Maximus und Feline nehmen sich den einsam gelegenen Bauernhof einige Kilometer entfernt vor. Yoda, Blume und ich haben ein kleines Dorf an einer Flussschleife zum Ziel. Auf dem Weg schleichen wir durch den westlich gelegenen Wald auf ein angrenzendes Rapsfeld zu. Dabei nehmen wir uns Zeit, um die Gerüche deutlich aufzunehmen. Überall liegen dürre Äste, Fichtenzapfen und Eicheln herum. Mit einem gehörigen Abstand bewegen wir uns in Zeitlupe voran. Zugleich tapse ich vorsichtig vorwärts, um die am Boden kriechenden Brombeerranken zu umgehen. Ein Tritt darauf tut nämlich höllisch weh. Dabei wird mir klar, warum wir Katzen so gut wie nie in diesem Gebiet unterwegs sind. Es liegt nicht in unserer Art, uns mit akrobatischen, lustig aussehenden Sprüngen über Dornen und Stacheln zu kämpfen.

Nach einer Weile ändert sich der Boden zu meiner Überraschung auf eine markante Art und Weise. Weich liegt das Moos unter meinen Pfoten. Farnkraut bringt saftgrünen Schwung in die Gegend. Ein paar Himbeerstauden wachsen an den Bäumen in die Höhe. Außerdem spitzen die Sonnenstrahlen durch die dicht tragenden Bäume. Sie berühren angenehm wärmend mein Fell. Hier gefällt es mir. Doch durch das intensive Schnüffeln wird mir manches Mal ein wenig komisch in den Beinen. Ich bleibe stehen, als Yoda von der Weite ruft: »Nicht so verkrampft, Django, schnüffle, wie du es immer tust. Eben ganz natürlich. Wir sind Kater, wir tun das ständig auf unseren Erkundungstouren.«

Wie, bitte, weiß Yoda immer, was mit mir los ist? Katzenunverständnis! Er hat wieder einmal recht. Außerdem ist diese Situation meinen Erfahrungen mit dem Meditieren erschreckend ähnlich. Sobald ich mich auf meine Gedanken konzentriere, berühre ich sie auf eine unnatürliche Art, was wiederum meinen Körper in Anspannung bringt. Ich muss fokussiert und locker bleiben.

Am Waldrand blicken wir auf ein dicht bewachsenes Rapsfeld. In bestimmten Abständen führt eine schmale Spur hindurch. Dort können wir uns später entlangschleichen.

Jetzt jedoch besprechen wir erst einmal die Lage. Dafür setzen wir uns unter eine blühende Buche. Ihre ovalen, geäderten Blätter liegen überall am Boden verstreut. Einige scharfkantige Bucheckern leisten ihnen Gesellschaft.

Ich hopse auf einen abgeschnittenen Baumstamm. Blume und Yoda setzen sich direkt vor mir auf blattreiche Plätze auf den Waldboden. Somit sitze ich erhöht. Sie blicken mir auffordernd in die Augen.

»Ich konnte Gerüche von Rehen, Böcken, Wildhasen, Dachsen und Füchsen ausfindig machen. Keine Katze war darunter«, beginne ich die Besprechung. Dabei durchflutet mich das Gefühl von respektvoller Erhabenheit. Der Stamm ist zwar kein samtener rot-goldener Stuhl, aber er schenkt mir die Ehrfurcht gebietende Höhe, um mich als souveräner Anführer zu fühlen.

»Rehe, Hasen, Füchse«, antwortet Blume knapp, »und viele Dachse sind hier unterwegs.«

Da raschelt etwas über unseren Köpfen. Wir folgen dem Geräusch und sehen ein Eichhörnchen entlang der Äste hüpfen. Aufmerksam blicken die weit aufgerissenen Augen auf uns herab. Wir sind als Jäger eine Gefahr für die leuchtend rotbraunen Säugetiere, und ich gebe zu, dass deren Bewegungen meinen Jagdtrieb explosionsartig zum Leben erwecken. Ein

Blick in Yodas friedvolle Augen lässt mich jedoch auf einen Schlag abkühlen.

»Ich war gestern Nacht mit Maximus bei den Häusern der vier vermissten Katzen. Bei Chico konnte ich so gut wie keinen Geruch aufnehmen.«

»Klaro«, erkläre ich Yoda. »Der ist ja erst vor Kurzem hierher gezogen.«

»Bei Kira« – ein eisiger Stich fährt durch mein Herz – »lag eine Decke im Garten, die intensiv nach ihr roch. Whiskers hat ein Körbchen draußen stehen, was mir genug Anhaltspunkte zu seinem Geruch gab. Und bei Leon ...«

Ich unterbreche: »Der aggressive Kater interessiert mich keineswegs.«

Yoda lacht. »Trotzdem ist er ein Teil unserer Spurensuche und damit von Bedeutung für einen Erfolg.«

»Ist ja gut«, stimme ich zähneknirschend zu.

»Im ersten Waldstück war definitiv eine Katze, jedoch keine von den vier Vermissten.«

Das wundert mich, dass Yoda den Duft einer Katze aufgenommen hat. Welche Katze tut sich den dornigen Untergrund freiwillig an? Egal, ich schlage vor: »Jetzt schleichen wir durch das Rapsfeld hin zu dem kleinen Dorf an der Flussschleife.«

Unsere Köpfe drehen sich zum nächsten Objekt unserer Untersuchung. Somit blicken sechs Katzenaugen prüfend auf das reife Rapsfeld. Eine leichte Sommerbrise bläst durch die grünen Schoten, was sie in Bewegung versetzt.

»Blume links, Yoda rechts, ich nehme die Mitte.«

Blume und Yoda nicken. Danach laufen wir los und schleichen uns mit Abstand durch das Feld. Die dünnen Schoten ziehen unangenehm an meinen Schnurrhaaren und Augen entlang. Ich ducke mich, worauf ich mehr Freiraum erhalte. Dort kann ich die Düfte gut aufnehmen, die von Katzen und Hasen durchtränkt sind. Trotzdem ist keiner unserer vermissten Katzen dabei; zumindest kein frischer Duft.

Am Ende treffen wir uns und besprechen die traurige Erkenntnis, keinen nennenswerten Duft aufgenommen zu haben. Gleichzeitig stehen wir auf einer Anhöhe. Somit erhalten wir einen optimalen Blick über das Dorf. Im Grunde besteht es aus einer Kirche, drei Bauernhöfen und einem allein stehenden Wohnhaus mit Gartenscheune. Dort leben natürlich einige Katzen, die sich vermutlich über unseren Besuch nur wenig bis gar nicht freuen.

»Wir bleiben zusammen und beginnen mit dem kleinen Hof direkt am Fluss.«

Keiner widerspricht, worauf wir vorsichtig den steilen Abhang hinunterlaufen. Der T-förmige Hof liegt direkt am gemächlich fließenden Wasser eines breiten Flusses. Er wirkt heruntergekommen. Alte Kuhfladen zieren die angrenzende Wiese, die sich, von der intensiven Sonneneinstrahlung stark lädiert, vor uns ausbreitet. Die Gerüche sind widerlich. Trotzdem tapsen wir weiter auf das Wohnhaus zu. Es wirkt einsam und unbewohnt.

»Dort könnte man Katzen verstecken«, vermutet Yoda.

Ich stimme zu und sprinte zur Haustür. Es ist eine dicke Holztür, die durch dürre Äste eines Strauches einen Spalt weit offen gehalten wird. Ich drücke mit den Vorderpfoten darauf, doch sie will sich keinen Millimeter bewegen.

Yoda meint: »Kommt, alle drei!«

Ich taste mich mit meinen Vorderpfoten die Tür entlang in die Höhe und drücke, so fest ich kann, auf das mit Schlammspritzern übersäte Holz. Yoda stemmt seinen Rücken gegen die Tür und Blume versucht es auch mit den Pfoten. Die Tür knarrt, was von einer Bewegung zeugt. Trotzdem ist sie zu schwer.

»Django, drück dich durch den Spalt unter den Ästen hindurch. Blume und ich sind zu groß. Wir warten hier vor der Tür.«

Katzenärger! Jetzt muss ich allein in das Gruselhaus. Ich atme tief durch, um meine Angst unter Kontrolle zu kriegen. Für den Moment klappt es. Dann zwänge ich mich durch den Spalt hindurch in einen dunklen Gang hinein.

Er ist für das kleine Bauernhaus ziemlich breit angelegt. Die dunklen Bodenplatten sind teilweise stark beschädigt. Eine alte, mit Spinnweben überzogene Holzuhr zeugt von einer Zeit, in der Menschen das Wohnhaus belebten. Ich tapse über den dreckigen Boden zur Holztreppe. Sie ist relativ gut erhalten.

Im ersten Stock schleiche ich von Zimmer zu Zimmer. Ich bin auf jeden Fall nur eine von vielen Katzen, die dieses Areal besuchen. Der Rattenkot offenbart mir außerdem, dass auch die grauen Nagetiere keine Treppen scheuen. In den Schlafzimmern finde ich alte Betten vor, die quer und beschädigt im Raum stehen. Verblichene Zeitschriften liegen am Boden herum. Es ist kein schönes Zuhause, wer auch immer hier lebt. Denn Leben ist hier vorhanden, und wenn es nur die Mäuse sind, die ich mit einem leckeren Duft vernehme. Bestimmt verstecken sie sich vor mir in den Löchern der scheußlich bunten Papierwände.

Zurück am Eingang, gleichen die maroden Zimmertüren den abgesplitterten Holztüren im ersten Stock. Zum Glück stehen sie alle offen. Ich schleiche mich zur Küche, als ich Leons Duft vernehme. Er war einmal hier, aber der Duft ist zu vergangen, um frisch zu sein. Ein alter Tisch und drei Stühle stehen im Raum. Ich hüpfe auf einen Stuhl und entdecke Katzenpfoten-Abdrücke auf dem dreckigen Tisch. Ich schnüffle ohne Erfolg.

Da raschelt es im unteren Fach eines Holzofens. Mein Jagdinstinkt bäumt sich auf, dennoch habe ich ihn unter Kontrolle. Ich blicke zurück zur Tischplatte und den Doppelfenstern, die im ersten Stock, wie hier unten, an manchen Stellen beschädigt sind. Das Sonnenlicht bricht sich darin gespenstisch blutrot. Es malt gruselige Gebilde an die staubigen Wände.

Mit einem Sprung zurück auf den Holzboden schleiche ich ein paar Schritte weiter in das angrenzende und wohl einzige Bad im Haus. Gebrechlich sieht es auf mich herab. Je weiter ich in den Raum blicke, desto dunkler wird es. Die grünen Bodenplatten warnen mich förmlich, das Zimmer zu betreten, obwohl auf der anderen Seite vermutlich die Tür hinaus zum Stall ist. Eine Gänsehaut überzieht meinen Körper. Ich nehme einen tiefen Atemzug, um die Feinheiten der Gerüche herauszufiltern. Nichts. Mit einem unheimlichen Gefühl in der Brust verziehe ich mich ins Wohnzimmer. Dort steht eine alte, aufgerissene Couch, auf der schon viele Katzen lagen. Ich nähere mich einem Stofffetzen, der am Boden liegt. Er stinkt scheußlich. Ich schrecke zurück. Der stechende Duft ist mir unbekannt.

Auf der Couch haften mannigfache Düfte, die sich in meiner Nasenhöhle zu einem verbinden. Das erinnert mich an den Duft aus dem Laderaum des grünen Kastenwagens. Hm, was bedeutet das? Waren in dem Wagen schon derart viele Tiere, dass meine Nase die Düfte nicht mehr auseinanderhalten kann?

Oh Schreck! Blume faucht, was das Zeug hält. Ich eile zur Tür und sehe Yoda und Blume vor einer dreifarbigen gewöhnlichen Hauskatze stehen, die genauso wie Blume ihre Zähne drohend fletscht. Blumes Körper ist dabei völlig angespannt. Ihre Ohren sind flach auf den nach unten geneigten Kopf geklappt, die Augen weit geöffnet, wobei sie ihr Gegenüber starr im Blick behält. Sie streckt ihr Vorderbein durch, um noch größer zu wirken.

Soll ich? Was ist mit dem Stall? Hm, später … Ich ziehe mich gekonnt in die Länge und verlasse das Haus. Gleichzeitig vermittelt der trotz drohender Gefahr entspannte Yoda: »Wir suchen unsere

Freunde, Kätzchen. Dein Revier ist uns heilig. Unsere Spuren werden hier kein zweites Mal Einzug finden.«

Wie redet der denn im sogenannten Kriegsgeschehen? Sieht so die geistige Kriegskunst der Katzen aus?

Blume nimmt ihren Blick von der felligen Bedrohung und zwinkert Yoda verlegen an. Sie ist eindeutig von seinen Worten angetan. Ich finde sie eher verrückt.

Doch das fremde Kätzchen entspannt sich ebenso wie Blume. Wie, bitte, macht er das?! Hypnotisiert er die feindseligen Katzen mit seinen ausdrucksvollen blauen Augen oder ist es die durchdringende Ruhe, die er ausstrahlt? Wer weiß das schon.

»Hier findet ihr eure Freunde bestimmt nicht. Ich kenne unser Dorf ganz genau.«

Blume senkt traurig ihren Blick. Sie hatte wohl gehofft, dass die Katzen hier irgendwo festgehalten werden.

»Ihr könnt euch gerne die Häuser und Scheunen ansehen. Im nächsten Bauernhof leben zwei Bulldoggen. Denen würde ich aus dem Weg gehen. Ansonsten leben hier vier weitere Katzen, die Eindringliche grundsätzlich ablehnen.«

»Verstehe«, erwidert Yoda. »Kannst du mir dein Wort geben, Kätzchen, dass unsere Freunde hier nirgendwo sind?«

»Geht es um die vermissten Katzen aus dem Nachbardorf?«

»Ja«, schießt es aus mir heraus. Ich setze mich zwischen Yoda und Blume.

»Wir kennen Leon. Der war öfter im verlassenen Haus. In der letzten Zeit blieb er aus.«

»Hier leben einige Streuner, stimmt's?«, behaupte ich.

Das fremde Kätzchen nickt. »Eine alte Bäuerin stellt den heimatlosen Katzen der Umgebung Futter an die Tür. Einige bleiben dann für ein Nickerchen. Es ist reiner Zufall, dass gerade keine da sind.«

Ich drehe mich um und entdecke zwei leere Näpfe, die mir vorhin verborgen geblieben waren. Sie stehen vor einer vom Wetter stark beschädigten Holzbank.

»Soll ich euch durch mein Dorf begleiten?«

Yoda schüttelt den Kopf. »Du gibst mir dein Wort, dass hier die vermissten Katzen nirgendwo leben oder versteckt gehalten werden?«

Sie nickt.

»Das genügt mir.«

Mir fällt die Schnauze runter. So weit sind wir schon?! Wir unterdrücken nicht nur unsere Abneigung gegen eigenartig riechende Katzen, sondern vertrauen ihnen auch noch! Ich bin platt.

Zurück an der Eiche, haben Maximus und Feline keine besseren Nachrichten. Unsere Freunde bleiben verschwunden.

Dennoch haben die beiden eine Neuigkeit. Milo stammt mit großer Wahrscheinlichkeit von dem einsam gelegenen Bauernhof. Dort leben einige abgemagerte und kranke Katzen. Ein Katzenkadaver liegt unter einem Baum. Ein anderer in der Nähe eines Baches und zwei weitere auf einem Komposthaufen.

Dort lebt wohl der dumme, dennoch verbreitete Glaube, dass Katzen sich allein von Mäusen gesund und ausreichend ernähren können. Vermutlich fressen sie vor lauter Hunger auch noch kranke Mäuse. Igitt! Bei diesem Gedanken ekelt es mich. Maximus und ich können uns mehr als glücklich schätzen. Wir erhalten köstliches Bio-Futter.

Katzenhimmel sei Dank, dass Milo nie aufgegeben hat, eine neue Heimat zu finden. Yoda ist ein Held.

Der bunte Horizont verschlingt peu à peu das gleißende Licht der Sonne. Sie verschmelzen miteinander, als ob die Vereinigung ihre alleinige Bestimmung wäre. Na ja, zumindest hat es heute diesen Anschein.

Ich sitze auf einem herabgefallenen dicken Ast in der Nähe der Eiche und beobachte das Geschehen gedankenverloren.

Da verkündet Yoda: »Bevor Django, Maximus und ich auf Nachtwache gehen, widmen wir uns dem Schritt 2 der geistigen Kriegskunst der Katzen.«

Blume staunt: »Schritt 2?! Seid ihr beim Schritt 1 erfolgreicher als ich?«

Jeder, außer Yoda, schüttelt den Kopf. Er lacht. »Es ist noch kein Medi-Meister vom Katzenhimmel gefallen. Ihr müsst üben.«

»Wie?«, fragt Feline entgeistert. »Meine Gedanken werden immer lästiger, wenn ich sie abstellen und zur Ruhe finden will.«

»Nicht abstellen, sondern wahrnehmen, akzeptieren und in die Wüste schicken.«

»Wüste?«, wundere ich mich.

Yoda kichert wie gewohnt überaus körperlich. »Ihr könnt euch die Wüste oder einen Bach vorstellen, wo ihr die Gedanken in ein Boot setzt und wegschickt. Oder ihr seht eine Wolke am Himmel, setzt eure Gedanken darauf und lasst sie davonschweben. Eurer Fantasie sind keine Grenzen gesetzt. Findet, was euch am plausibelsten erscheint.«

Plausibel ist mir gar keines dieser Szenarien, aber ich halte mich still. Kein Wort kommt über meine Lippen.

»Im Schritt 2 geht es um die Selbstbeherrschung. Hier lernt ihr, wie ihr eure triebgesteuerten Sinne in den Griff bekommt. Da der Kastenwagenfahrer mit den für uns köstlichen Leckerlis lockt, will ich genau diese Verführung als Übung verwenden.«

»Und was ist mit der Überraschung?« Blume senkt ihren Kopf und blinzelt Yoda verlegen an.

»Die Überraschung ist der Schritt 3 und der letzte unserer stark vereinfachten Lehre der geistigen Kriegskunst der Katzen.«

»Du erwähntest aber, dass die Überraschung Spaß macht?«

»Geduld, Feline, Geduld.« Yoda blickt zum Mond und nickt. »Es ist so weit.« Er wendet sich dem Wald zu und ruft: »Kommt!«

Mit schnellen Schritten folgen wir Yoda am Waldrand entlang zu einem Haus, das in einer Senke liegt.

Dort setzen wir uns im Schutz der Bäume auf eine Betonmauer. Kurz darauf erscheinen drei uns fremde Katzen, die sich geduckt und konzentriert auf das Haus zubewegen. Meine Haare stellen sich auf. Feline knurrt. Doch die drei Katzen laufen von uns unbeeindruckt die Zufahrt hinab in den Garten. Sie halten an einem Strauch und setzen sich.

»Ruhig bleiben. Ich habe den Katzen mein Wort gegeben«, erklärt Yoda.

»Für was?«, staunt Blume.

»Die Zweibeiner in diesem Haus füttern jeden Abend die drei Katzen vom Nachbarhaus mit Leckerlis.«

Das ist mir vollkommen neu und so geht es auch den anderen. Gleichzeitig springt wie von Geisterhand die Eingangstür auf. Ich hüpfe einen Schritt zurück, gefolgt von einer fauchenden Blume.

Feline lacht, was ich als Beleidigung empfinde. Dennoch halte ich mich still und beobachte eine Frau mittleren Alters, die mit zwei vollen Schüsseln verschiedenartiger Leckerlis herauskommt. Ich kann sie riechen. Oh, wie lecker! Der Duft ist verführerisch. Mein Magen reagiert auf Anhieb mit einem Mordsappetit.

Da stellt die Frau die Schüsseln im Garten ab. Ein behagliches Zittern durchfährt meinen Körper in Vorfreude auf das Schlemmervergnügen. Doch Yoda bleibt in seiner unermesslichen Ruhe, als die Frau mit leeren Händen zurück ins Haus geht. Sie dreht sich mit einem suchenden Blick durch den Garten um. Danach schließt sie die Tür hinter sich. Die Schwänze von Feline, Blume und Maximus stehen wie der meine zuckend in der Höhe. Die Aufregung steigt. Ich drücke meine Hinterfüße in den Boden, als Yodas tiefe Stimme dröhnt: »Stopp!«

Im Sprung falle ich auf meine Pfoten. Das kann nicht sein Ernst sein! Wir müssen uns dem verführerischen Duft verweigern?

»Wie bitte?«, fragt Blume mit weit aufgerissenen Augen.

Vorsichtig schleichen die drei Katzen auf die Schüsseln zu. Ihre in Alarmbereitschaft versetzten Schnurrhaare zeigen mir, dass sie uns wachsam im Auge behalten. Pah, den lächerlichen alten Kater mit den zwei Kätzchen könnten wir im Nu verscheuchen. Es ist eine Qual, still zu bleiben. Nach einer langen Spurensuche läuft mir das Wasser im Maul zusammen. Wir hätten die Leckerlis verdient!

Aber nein, Yoda will uns quälen.

Feline starrt derweilen die Schüssel mit den Käserollis an, wobei ihre Ohren wild hin und her wackeln. Meine Aufmerksamkeit zieht es eher zu den saftigen Leberwurst-Häppchen. Welch ein köstliches Paradies!

»Ruhig bleiben«, fordert uns Yoda erneut in durchdringendem Ton auf.

Ich bemerke, dass Blume auf einen Schlag entspannt neben uns sitzt. Auch Maximus scheint seine angeborene Begierde auf gut riechende Leckerlis im Griff zu haben. Er sitzt aufrecht hinter uns und wirkt, als ob er meditieren würde. Dabei flackern seine

Augenlider wie die von einer Brise durchzogene Kerzenflamme. Ist er in Trance? Mir wird ganz anders zumute. Hat Yoda die beiden hypnotisiert oder haben Feline und ich nur einen schwachen Geist?

Okay, das lass ich mir nicht nachsagen. Ich setze mich aufrecht hin, atme tief durch, widme mich der Natur meiner Gedanken, sehe einen reißenden Fluss durch die grüne Landschaft fließen und lege die genussreichen Leckerlis in ein Boot.

Dennoch halte ich die Reling fest in meinen Krallen. Es fällt mir schwer, das Boot loszulassen. Als ich es gezwungenermaßen tue, verschwindet es schwuppdiwupp im Abwärtslauf. Es ist weg, und ich, mm, ich bin ruhig und das, obwohl der verführerische Duft fest in meiner Nase steckt. Im gleichen Augenblick verspüre ich eine aufkommende Erleichterung. Sie hemmt die gierige Leidenschaft meines kleinen Monsters, das wohl in meiner Brust lebt.

Doch dann höre ich laut und stark die Knackgeräusche der hastig beißenden Katzen. Es reizt meine Nerven bis aufs Äußerste und ich will um alles in der Welt losrennen. Trotzdem vergewissere ich mich bei Yoda, der mir tief in die Augen blickt. Seine innere Ruhe ist unbeschreiblich groß und, Katzenhimmel sei Dank, ansteckend. Ich kühle sofort ab. Vermutlich raucht mein Körper.

Ein Blick zu Feline verrät mir, dass sie mit sich kämpft. Mit aller Macht hält sie ihren appetitgesteuerten Trieb davon ab, sie zu überwältigen. Sie ist gut, wenn auch nicht so gut wie Blume und Maximus und vielleicht ich. Zumindest sitze ich jetzt still neben Yoda.

Nach einer Weile wird es ruhig um uns herum. Alle drei Katzen sowie die Leckerlis sind weg.

Da fragt Blume: »Sollen wir zu Hause zur Übung die Leckerlis auch verweigern?«

Wie kann sie nur so etwas Dummes fragen?

»Nein«, erwidert Yoda lächelnd.

Katzenhimmel sei Dank.

»Eure Zweibeiner würden eine Krankheit vermuten. Ihr könnt jeden Abend hier an diesem Haus üben.«

Ich atme knurrend aus. Trotzdem bemerke ich: »Danke, Yoda, du lehrst uns zu überleben«, und hoffe inständig, dass Schritt 3 Spaß macht.

Nach einer mehr als nötigen Mahlzeit im trauten Heim laufen Yoda und ich unter den wachsamen Augen des aufsteigenden Mondes über Gärten hinweg in Richtung Dorfplatz. In der hohen Wiese schnüffeln wir uns durch die vielen neuen Düfte hindurch. Keiner deutet auf unsere vermissten Freunde hin. Auch der Friedhof gegenüber ist leer und ohne nennenswerte Gerüche. Wir halten nach dem Kastenwagen Ausschau, doch er ist nirgendwo zu sehen. Da nehmen wir uns Straße für Straße vor, als Maximus auf uns zurennt.

»Ich war außerhalb bei der großen Scheune«, berichtet er keuchend. »Dort brennt Licht. Alte Düfte von Kira und Leon sind überall um das Gebäude herum verstreut.«

»Wie alt?«, will Yoda wissen.

»Wahrscheinlich älter als ihr Verschwinden, aber so genau kann ich es auch nicht sagen.«

»Warst du drinnen?«

Maximus' Augen weiten sich. »Nein.«

»Die Scheune ist Fort Knox«, erkläre ich. »Ich habe schon mehrmals versucht hineinzukommen. Keine Chance.«

»Woher kennst du Fort Knox?« Yoda wundert sich, dass ich einen U. S.-Army-Stützpunkt aus seiner vorherigen Heimat kenne. Einen, der mehr Gold in sich beherbergt, als wir Katzen Leckerlis in einem Leben fressen können.

»Von Feline und Blume. Klara liest ihnen ja nächtelang Geschichten vor.«

Yoda nickt. »Wollen wir trotzdem?«

»Klaro!«

Und schon sind wir auf dem Weg zur Scheune, die trostlos inmitten von Feldern in der Natur steht. Eine 200 Jahre alte Eiche und eine gigantische Buche leisten dem alten Gebäude Gesellschaft. Ansonsten war dort in den letzten Monaten nur wenig los. Bei jedem meiner Besuche war sie verschlossen und nur von Mäusen und Ratten bewohnt, deren glückliches Schnattern unangenehm laut zu hören war.

Wir sind schnell unterwegs. Im Schatten der Nacht leuchtet uns der Mond den Weg über die verschiedenartig bebauten Felder. Mein Herz nimmt an

Fahrt auf. Kommen wir den vermissten Katzen auf die Spur?

Vor Ort entdecken wir ein leicht verrostetes blaues Fahrrad, das an die Scheune gelehnt ist. Zudem ruht ein nach Motorenöl riechendes rotes Mofa vor dem Tor. Durch die dünnen Risse und Löcher in den Holzbrettern strahlt uns Licht entgegen. Stimmen fallen durcheinander. Es müssen zumindest zwei Menschen anwesend sein.

Wir erkunden das alte, dennoch gut erhaltene Bauwerk. Die Löcher geben uns nicht genügend Platz, um hindurchzuschlüpfen. Trotzdem gestatten sie uns einen Blick auf das im Schein einer Petroleumlampe liegende Innere.

Wir entdecken zwei großflächige Anhänger, die in einer Reihe geparkt sind. Zudem stehen abgenutzte Holzfässer neben vollgefüllten Säcken an den Wänden entlang. Daneben sind Schaufeln und Mistgabeln gelagert sowie Käfige aus Holz oder Stahl. Gegenüber liegen Heuballen gestapelt aufeinander. Eine Holzleiter führt in einen höheren Bereich, der uns verborgen bleibt.

Direkt zwischen Heuballen und einem ruhenden Anhänger steht ein alter, runzliger Mann im Blaumann, der mit einem Teenager in Jeans, Cowboystiefeln und Lederjacke diskutiert. Beide Männer sind mir auf Anhieb unsympathisch. Ich lehne ihre Gerüche sowie ihre fauchende Aggressivität ab. Sie streiten.

Da stupst mich Yoda mit seiner Pfote an und erschreckt mich beinahe zu Tode. Ein Blick in seine

Richtung verrät mir, dass ich zur Buche kommen soll. Ich folge sofort seiner Anweisung.

»Hier sind Kiras und Leons Duftmarke«, beginnt Yoda unter dem Schutz der ovalen Blätter.

»Ja«, bestätige ich Yodas Aussage. »Es sind aber alte Gerüche.«

»Ich stimme zu, sie sind alt.« Yoda nickt. »Trotzdem müssen wir die Scheune untersuchen.«

»Wie?«, fragt mein wortkarger Bruder.

»Sobald das Tor aufgeht, müssen wir unauffällig hineinlaufen. Oder besser gesagt, einer von euch beiden muss es tun. Ich bin viel zu groß. Ich falle sofort auf.«

»Aber«, kontere ich, »wie soll das unauffällig gehen? Selbst Maximus und ich sind groß genug, dass ein Mensch uns sehen kann.«

»Ich mach's!«, verkündet mein Bruder.

»Wieso?«, frage ich verdutzt.

»Weil ich flink, schnell und beweglich bin.«

Verstehe. Ich knurre innerlich still und leise über die Zweideutigkeit seiner Aussage.

»Was meinst du, Django, soll er direkt am Tor warten?« Yoda bindet mich geschickt in seine strategische Führung ein. Vermutlich soll mir unbemerkt bleiben, dass er, nicht ich, die Operation leitet.

»Der Riegel ist offen, oder?«, schießt es mir durch den Kopf.

Yoda und Maximus nicken.

»Vielleicht können wir das Tor aufschieben? Nur so weit, dass Maximus unbemerkt hineinhuschen kann. Die Zweibeiner stehen ja hinter den Heuballen in der Mitte des Raums.«

»Gute Idee.« Yoda grinst verdächtig zufrieden über meinen Vorschlag.

Ich habe jedoch keine Zeit, darüber nachzudenken. Geduckt schleichen wir über den staubigen Boden zum Tor.

»Ihr geht beide, oder?«, flüstert mir Yoda ins Ohr.

Na bravo! Habe ich da noch eine Wahl? Natürlich nicht. Ich nicke.

Am Tor angekommen, stemmt sich Yoda mit seinem Rücken gegen die äußerste Holzplatte. Seine Haltung sieht katzenfremd und urkomisch aus. Meinen Blick auf Yoda gerichtet, erkläre ich Maximus, dass ich ihn in das Innere der Scheune begleite.

Doch dann geht ein lauter Ruck durch die Luft. Meine Nackenhaare stehen zu Berge. Die Stimmen werden lauter, was uns in einen Katzenalarm versetzt. Wir laufen zur Buche und verstecken uns im Dunkel ihres Schattens.

Die Schiebetür bewegt sich, worauf der jüngere Mann hinaussieht. Seine gespenstisch dunklen Augen grasen die Gegend um uns herum ab. Er schüttelt verwundert den Kopf. Dann schließt er das Tor. Doch er lässt es einen Spalt weit offen, genug für Maximus und mich, um hineinschlüpfen zu können.

Ich laufe voran. Am Tor warte ich, bis ich die beiden erneut streiten höre. Erst dann wage ich einen Blick ins Innere. Die beiden Männer sind voll auf ihr Gespräch konzentriert. Perfekt!

Mit zum Zerreißen gespannten Nerven und Maximus im Schlepptau tapse ich in den lang gezogenen Raum. Mein Geruchssinn ist in höchster Bereitschaft. Unser erster Weg führt entlang der Bretterwand zu den Heuballen. Das getrocknete Gras wirkt überaus blass. Sein muffiger Geruch übertönt alle tierischen Düfte. Ich schüttle innerlich den Kopf. Sogar ich weiß, dass ein gutes Heu vor der Pressung überaus trocken sein muss, um nicht zu verschimmeln. Ob sie sich deswegen streiten?

Ich konzentriere mich erneut auf die Düfte in meiner Umgebung, wobei kein einziger an Kira oder Leon erinnert. Je mehr ich in den Raum hineintapse, desto mehr überfällt mich ein starker Rattengeruch. Ich wundere mich, warum sich Ratten in einer Scheune derart wohlfühlen, und muss nicht lange auf eine Antwort warten. Zwischen Anhänger und Heu reihen sich mehrere ungeschützte Futtersäcke auf. Kurz davor trete ich beinahe in Rattenkot, als mich ein fauchendes Miauen in Alarmbereitschaft versetzt.

Ich wirble herum und bemerke, dass Maximus verschwunden ist. Mit einem Sprung hüpfe ich auf einen Heuballen, der im hinteren Bereich an der Wand liegt. Ich folge zwei weiteren in die Höhe und schon sehe ich Maximus in den Fängen des jüngeren Mannes. Mein Herz bleibt beinahe stehen. Was, wenn er der Katzenjäger ist?!

Ich ducke mich, als mir das bleierne Lachen der Männer durch und durch geht. Ein Zittern durchfährt meinen Körper. Was jetzt?

Blitzschnell fliegen die Gedanken durch meinen Kopf. Die ängstlichen treibe ich mit dem imaginären Boot den Fluss abwärts. Katzenärger! Es hilft nichts. Das aufgeschreckte Monster in meiner Brust verwandelt die beklemmende Unruhe in Panik.

Jetzt kommt mir eine Idee. Ich atme tief durch und pumpe Mut in meine Glieder. Dann hüpfe ich auf einen höher gestapelten Ballen, schleiche leise über das Heu hinweg, bis ich in der Nähe der Männer ankomme. Dort schlägt mein Puls Alarm.

Ich springe mit einem Satz auf den Rücken des jüngeren Mannes, der Maximus in den Armen hält. Dabei fahre ich die Krallen aus. Doch noch bevor ich die weinrote Lederjacke durchbohren kann, packt mich der alte Mann unsanft am Bauch. Ich jaule.

»Ja, wer ist denn da?«, kreischt er mit angsteinflößender, kratziger Stimme.

Ich zapple vehement mit ausgefahrenen Krallen. Er versucht mich mit aller Kraft zu halten. Er scheitert und flucht, während ich auf meine Pfoten falle. Mit dem eingeschalteten Turbo in meinen Hinterbeinen bin ich Sekunden später draußen. Im Schatten der Buche sehe ich den alten Mann nach mir suchen. Das Mondlicht offenbart sein eingefallenes, runzliges Gesicht in erschreckender Weise. Wie ein Gespenst sucht er mich um die Scheune herum.

Verstört blicke ich um mich, kein Yoda ist weit und breit zu sehen. Doch als der Mann zurück in der Scheune ist, rennt er wie von der Tarantel gestochen auf mich zu. »Was war los?«

Ich erzähle ihm die Geschichte unangenehm kurzatmig und frage, ob er weiß, wo Maximus ist.

»Er ist in der Scheune.«

»Was?« Ein Blick zum Tor zeigt es mir verschlossen.

»Er kam definitiv nicht heraus.«

»Mist! Mist! Mist!«, entfährt es mir knurrend. Mein Bruder ist in den Fängen eines unwohl riechenden Zweibeiners, möglicherweise des Katzenjägers. »Warum beißt er ihn nicht?«, frage ich fassungslos. »Er beißt jeden, der ihn zu lange im Arm hält.«

Yoda schüttelt den Kopf. »Vielleicht, weil … ach, keine Ahnung.«

Ich atme tief durch, um mein Herz zu beruhigen. Nach einer Weile frage ich: »Was jetzt?«

»Jetzt wartest du hier, bis das Tor aufgeht. Ich schleiche zu den Löchern in der langen Wand. Vielleicht entdecke ich ihn.«

Ich nicke, ohne ein Wort herauszubringen.

Was für eine Entwicklung! Zuerst sitze ich mit meinen Freunden angespannt, aber erfolgreich vor zwei Schüsseln voller Leckerlis. Jetzt muss ich um Maximus' Leben bangen. Meine Gedanken spielen verrückt. Auch wenn ich den einen oder anderen den Fluss abwärts schicke, kommen die ängstlichen wie ein Bumerang zurück. Sie füttern das schwarze Monster in meiner Brust, das sich vor Angst zusammenkauert. Es hat eine enorme Kraft, die meinen Körper lähmt. Ich hasse es! Kann ich es nicht im Fluss ertränken?

Yoda läuft auf mich zu. »Hat sich etwas getan?«

Ich schüttle den Kopf. »Und bei dir?«

Yodas Schwanz peitscht aufgeregt am Boden hin und her. »Er ist in der Scheune. Der Junge hat ihn fest im Griff. Er bewegt sich keinen Millimeter.«

»Du meinst, er ist tot?!«, jaule ich.

»Nein, wahrscheinlich hat er eine Angststarre.«

Ich verstehe. Mein inneres Monster lähmt meinen Körper ja ebenso. »Was jetzt?«

»Wir warten, bis sie herauskommen.«

Nach einer unerträglich langen Weile verstummen die Stimmen. Die Lampe bewegt sich, worauf die durchsickernden Strahlen wie zuckende Blitze im Dunkel der Nacht tanzen. Wäre die Lage nicht so ernst, würde ich das Lichtspiel als schön empfinden. Jetzt jedoch wirft es furchterregende Fragen auf: Was passiert, wenn sie gleich herauskommen? Und wo ist Maximus? Können wir ihn retten? Was, wenn nicht?

Ich mache mich startklar, als sich das Tor bewegt.

Der Junge kommt mit einem Käfig, äh, nein, mit einer Tierfalle in seinen Händen heraus. Maximus sitzt darin fest. Mir wird übel. Der Junge befestigt ihn mit einem Spannseil am Gepäckträger der roten Hercules. Ich sprinte los und werfe das Mofa um. Yoda ist an meiner Seite. Wir fauchen und kratzen.

Doch dann kommt der runzlige Zweibeiner mit einer Mistgabel angelaufen. Er will uns mit den spitzen Zinken davonjagen. Er trifft mich an der Pfote. Sie brennt. Wir haben keine Chance und flüchten hinter die Buche. Ich hechle und schlecke so gut wie möglich meine Pfote ab. Da fährt das Mofa mit Maximus davon. Ich bin am Boden zerstört.

Es ist nur ein Kratzer an meiner rechten Pfote, den ich mit meinem Speichel leicht beruhigen kann. Mein Herz jedoch pumpt in Windeseile. Außerdem scheint in meinem Maul die Wüste eingekehrt zu sein. Meine Zunge ist ständig staubtrocken.

Yoda sitzt derweilen still neben mir. Seine Kräfte sind wie die meinen vom Adrenalinausstoß erschöpft. Wir sitzen wie erstarrt am Baumstamm der Buche. Warnend blickt die vom Mondlicht eingehüllte Scheune auf uns herab. Der runzlige Alte ist weg. Er ist mit dem blauen Fahrrad vermutlich in Richtung Heimat gefahren.

Meine Gedanken spielen verrückt. Ich versuche sie den imaginären Fluss abwärts zu treiben, allerdings scheitere ich bereits an der Vorstellungskraft.

»Was jetzt?«, stößt Yoda irritiert hervor.

Normalerweise stelle ich diese Frage an ihn. Ich maunze. Mein ausgedehnter Laut singt mit steigender Melodie durch die Nacht, als Yoda sich mir anschließt. Im Chor jaulen wir unseren Schmerz heraus. Dabei verstärkt sich von Ton zu Ton das beklemmende Gefühl des kleinen Monsters in meiner Brust.

Doch dann packt mich der Kriegergeist und ich antworte auf Yodas vorherige Frage: »Der Junge und das Mofa sind mir fremd, aber den runzligen Mann sehe ich öfter die Felder bearbeiten. Somit muss er ein Bauer aus der Gegend sein. Wir sind Kater, wir sind schnell. Wir könnten die Bauernhöfe absuchen.«

Yoda schweigt für einen langen Moment. »Es ist spät. Unsere Körper sind erschöpft. Vielleicht sollten wir erst einmal schlafen. Blume und Feline wollen uns morgen bestimmt helfen.«

»Am Tag wird es schwieriger, Maximus zu finden. Die Dunkelheit ist unser Freund.«

Yoda nickt. »Du hast recht. Lass uns trotzdem kurz ausruhen. Danach beginnen wir mit der Suche.«

Ich nicke, wenn ich auch nur zähneknirschend zustimme. Ich will Maximus suchen, ihn retten und danach mit ihm daheim im Siegesrausch einen Leckerbissen einnehmen.

Yoda legt sich mit untergeschlagenen Pfoten auf den Boden.

Ich tue das Gleiche. Ruhe finde ich jedoch nicht. Ich schließe die Augen und sinniere dahin. Je mehr ich versuche einzuschlafen, desto wacher werde ich. Zudem bilden sich grässliche Bilder in meinen Geist, was der junge Mann mit Maximus alles anstellen könnte.

Da springe ich abrupt auf meine Pfoten und verkünde: »Schlaf du ruhig. Ich muss los.«

Yoda setzt sich aufrecht hin. »Ich verstehe. Ich komme mit.«

Erleichtert über seinen Entschluss, mich zu begleiten, laufen wir den Radspuren der Hercules hinterher. Der Feldweg scheint kein Ende zu nehmen. Auf der Teerstraße liegen vereinzelt Erdklumpen, die die Räder abgeworfen haben. Außerdem riechen wir beinahe unsichtbare Öltropfen.

»Ein Motorenöl«, meint Yoda.

»Es stammt vom roten Mofa«, bin ich mir sicher.

Schritt für Schritt folgen wir dem öligen Duft, auch wenn er in meiner kratzigen Kehle schmerzt. Er führt uns direkt zu einem Vierkantbauernhof, der als Einödhof weit entfernt von der normalen Zivilisation vor einem Wald liegt. Dort angekommen, schnüffeln wir uns durch die Gräser und Kieselwege entlang zu den Gebäuden.

Wir nähern uns als Erstes dem Wohngebäude. Hinter einigen Fenstern mit braunen, abgeblätterten Holzrahmen brennt Licht. Metallische Musik dröhnt aus einem offenen Fenster im ersten Stock.

Links neben dem Wohnhaus muss der Kuhstall sein. Der Gestank ist eindeutig. Außerdem höre ich ein paar Kühe mit gleichförmigen, rhythmischen Bewegungen wiederkäuen. Nur wenige Schritte später erhalte ich die Bestätigung. Die Doppelflügeltüren zum Kuhstall stehen offen, genauso wie das Holztor zwischen Kuhstall und Wohngebäude. Dort erhaschen wir einen Blick auf den Innenhof.

Schlagartig bellt ein Hund dröhnend laut, was mir alle Haare aufstellt. Ich springe in Abwehrhaltung einen Schritt zurück. Yoda jedoch setzt sich ruhig an die Torschwelle. Sein Blick schweift geschwind über den Innenhof. »Der alte Schäferhund hängt an einer Kette. Allerdings ist es eine lange Kette. Wir müssen vorsichtig sein.«

Der Schäferhund ist umgerechnet mindestens so alt wie die teilweise beschädigten Gebäude seines Zuhauses, und die Ziegel auf den dürftig reparierten rotbraunen Dächern haben bestimmt auch schon bessere Zeiten erlebt. Da nimmt mich der Duft von Hundekot ein. Überall zieren Hundehäufchen das lädierte Gras im Hofinneren. Zeitgleich fällt mir auf, dass ich hier bis dato so gut wie keine Katze gerochen habe.

»Wo sind die Katzen? Ist das normal, dass hier keine sind?«, wundere ich mich.

»Wahrscheinlich mag der Hund keine.« Yoda zuckt mit den Schultern.

Ich durchsuche den Innenhof mit geschärften Augen auf einen Hinweis zu Maximus' Aufenthalt, als mir das rote Mofa in den Blick kommt. »Sieh nur, das Mofa!« Es steht seelenruhig am Eingang zu einem weiteren Gebäude, das mit dem Wohnhaus verbunden ist. Die dreckigen Fenster verschleiern jegliches Indiz, was der Nutzer damit anstellt.

Ein Fenster knarrt, worauf ein hoher Pfiff folgt. Der Hund verstummt. Er ist am vierten und dem Wohnhaus gegenüberliegenden Gebäude angekettet. Daraus strömt eine Unmenge an Öl- und Benzindüften.

Wir laufen entlang des Wohngebäudes, so weit wie möglich von dem Hund entfernt. Seine durchdringenden Augen verfolgen uns auf Schritt und Tritt. Er ist mir unheimlich. Dennoch muss ich Maximus finden.

Um die Lage im Haus zu überblicken, springe ich auf einen Fenstervorsprung. Hinter den Glasscheiben entdecke ich einen viereckigen, großflächigen Raum. Obwohl Licht darin brennt, kann ich den runzligen Mann am Tisch nur vage erkennen, genauso wie der Rest hinter einem vergilbten Schleier liegt. Maximus ist definitiv nicht da. Ich springe wieder auf den Boden, worauf der Hund wie ein Irrer bellt. Wir fetzen hinter einen herumliegenden kaputten Holztrog, als der Bauer das Fenster öffnet und den Hund scharf anschreit.

Er gehorcht sofort. Danach geht es weiter zu dem Gebäude mit dem undefinierbaren Inhalt. Ich schnüffle intensiv an der Wand und der darauffolgenden Holztür, als mich Yoda aufhält.

»Der Hund!«

Knurrend steht das Tier in geringem Abstand vor mir. Ich war wohl derart tief in meinen Gedanken versunken, dass ich ihn vergessen habe.

»Wir müssen zurück.«

»Aber Maximus muss hier irgendwo sein?«

»Die Türen sind allesamt verschlossen. Wir können nur noch den Kuhstall untersuchen.«

Ich nicke, denn weder Yoda noch ich können Türen öffnen. Sollte ich es dennoch probieren? Ich habe Maximus Tausende Male zugesehen.

»Ich könnte?«

»Probier es.«

Ich setze mich unter die rostige Klinke der Holztür und visiere sie konzentriert an. Dann gehe ich in die Hocke, drücke mich mit den angewinkelten Hinterbeinen vom Boden ab, springe in die Höhe und umfasse die Klinke mit meinen Pfoten. Der kleine Kratzer von vorhin schmerzt auf Anhieb. Ich kreische und falle zurück auf meine Pfoten.

Die Tür bleibt verschlossen, ebenso die Sicht auf das Innere des Gebäudes. Doch der Hund bellt erneut wie verrückt.

Wir rennen über den Hof und durch das offene Tor. Hinter mir höre ich die warnende, kratzige Stimme des Bauern. Der folgende Pfiff lässt den Hund verstummen.

Die Türen des Kuhstalls stehen den Gang entlang zu beiden Seiten offen. Er führt zwischen den Boxen hinaus zu einer Kieselstraße, wo ein verlassener Traktor in freier Wildbahn parkt. Die frische Brise der Nacht zieht angenehm durch den Raum. Wir schleichen über den Gang und schnüffeln, was das Zeug hält. Doch der Futtermais und das hier gute Heu riechen überaus dominant. Dabei ziehen vereint Klack- und Schlürfgeräusche durch den Raum. Zwei Kühe trinken genüsslich Wasser aus ihren Tränkebecken.

Da entdecken uns die Tiere und schauen seltsam drein. Haben sie noch nie zwei majestätisch gewachsene Kater mit üppigem Fell gesehen? Na ja, das üppige Fell hat wohl eher Yoda. Egal. Ihre Augen folgen uns, als ich urplötzlich Maximus' heulende Stimme vernehme. Sie klingt wie ein Wolf, der den vollen Mond anbetet. Er hat Angst, ich spüre es.

Unsere vier Katzenaugen schnellen in die Höhe. Aus einem viereckigen Loch in der Decke hängt Heu herunter. Er muss im Heuboden darüber sein.

»Wie kommen wir dorthin?«, frage ich verdutzt.

Yoda durchsucht mit seinen Blicken blitzschnell den Raum.

»Vorne führt eine Holztreppe nach oben«, ruft er aufgeregt. Ich folge seinen Augen und sehe sie nun auch, am Ende des lang gezogenen Raumes. Wir laufen darauf zu und tapsen vorsichtig in die Höhe. Das Holz knarrt unter unserem Pfotendruck, als ob es sich beschweren wollte. Oben angekommen, übermannt mich der feine Duft des guten Heus. Es ist definitiv ein anderes als in der Scheune. Ich atme tief durch, wobei ich die Tierfalle am Ende des Raums entdecke. Yoda ist schneller und sprintet an mir vorbei auf Maximus zu. Mein Bruder gurrt vor Freude, uns zu sehen.

»Maximus!«, entfährt es mir überaus besorgt, während Yoda ihn von Schnüffelnase zu Schnüffelnase begrüßt. Danach läuft er einmal um die Tierfalle herum. Sie ist rechteckig und besteht aus vielen Eisenstäben und jeweils einer Klappe an beiden Enden. Außerdem ist sie lang, sodass Maximus seine Beine ausstrecken kann. Nach genauer Betrachtung jedoch wird Yoda und mir klar, dass wir niemals eine der Klappen mit unserer Schnauze oder den Pfoten öffnen können. Es ist zum Haareausreißen!

»Unsere Freunde waren bestimmt nie auf dem Hof«, behauptet Maximus. »Gar keine Katze traut sich hierher. Irgendetwas ist an diesem Ort erbarmungslos schaurig.«

»Wegen dem Hund«, vermute ich.

»Die Bauersleute sind also keine Katzenjäger«, folgert Yoda.

»Sie jagen auf jeden Fall Tiere. In der Scheune stehen einige lebendige Tierfallen herum. Was sie mit den gefangenen Tieren machen, ist mir ein Rätsel«, wundert sich Maximus.

Yoda wird eigenartig blass um die Nase.

»Was ist?«, frage ich ihn entsetzt.

Er schüttelt den Kopf. »Du, Django, läufst nach Hause.«

»Auf keinen Fall.«

»Doch, Django, wenn mir etwas passiert, musst du für Sofie und Tina da sein.«

Wie spricht Maximus plötzlich?!

»Dir wird nichts passieren«, beruhigt ihn Yoda. »Django soll Alarm schlagen. Ich bleibe hier auf dem Heuboden.«

In mir brodelt es, als ob mein Blut den Siedepunkt erreicht hätte. Ich will Maximus beistehen. Trotzdem hat Yoda eine zielführende Strategie.

Ich blicke Maximus tief in die Augen. »Ist es für dich wirklich okay, wenn ich nach Hause laufe? Zu zweit haben wir eine größere Chance, dich zu retten.«

Maximus gurrt mich freundlich an. Ich nicke und sprinte los. Die Holztreppe beschwert sich lautstark über die erneute Ruhestörung. Im Gang fetze ich über Heusträhnen hinaus in die freie Natur. Ich renne, was das Zeug hält. Doch dann bleibe ich auf einer abgemähten Wiese keuchend stehen. Meine Zunge hängt mir aus der Schnauze. Es ist nicht die Bewegung, die mich schwer atmen lässt. Es ist die quälende Anspannung. Mein Körper zittert.

Da spüre ich eine vertraute Wärme auf meiner felligen Haut. Ich hebe den Kopf und blicke direkt auf den Mond. Es scheint, als ob er für mich einen Moment in Stille verweilen würde, nur um mir freundschaftlich beizustehen. Könnte er doch nur eingreifen und Maximus retten!

Daheim öffnet mir Sofie nach einer anstrengenden Jaul-Aktion das Küchenfenster. Ich springe auf die Bank und hüpfe hinein. Unruhig laufe ich jammernd um ihre Füße.

»Was ist denn, Django.«

Gleich darauf höre ich Schritte im Hausgang. Tina kommt verschlafen ins Zimmer und fragt: »Was ist los?« Sie reibt sich gähnend die Augen.

»Ich habe keine Ahnung.«

Sofie nimmt mich in den Arm und untersucht meinen Körper. Dabei entdeckt sie den Kratzer auf meiner rechten Pfote, der, mal abgesehen von der verrosteten Türklinke, keine Schmerzen verursacht.

»Er hat sich verletzt.«

Ich wehre mich mit allen vier Pfoten und springe auf den Boden. Es ist nicht die Pfote! Katzenärger, wie kommuniziert man mit Zweibeinern?!

Tina krault meinen Rücken. Dabei inspiziert sie den Kratzer und kommt zu dem Entschluss: »Bestimmt tut sie ihm weh.«

Ich miaue, was das Zeug hält, doch keines meiner Worte kommt bei ihnen an. Sofie holt derweilen eine Jodsalbe aus der Schublade. Dann packt sie mich überraschend schnell, sodass mir keine Möglichkeit zur Flucht bleibt. Sie umarmt mich mit festem Griff. Am Waschbecken reinigt Tina meine Pfote, was mir zuwider ist. Zudem ist es völlig unnötig. Wir haben größere Probleme als meine schmerzfreie verletzte Pfote.

»Ist das Heu, Mama?«, fragt sie verdutzt und streckt Sofie ein kurzes Heubüschel entgegen, das zwischen meinen Fußballen hing.

»Wo sich unsere zwei Tiger überall herumtreiben.« Sofie lacht.

Mir ist gar nicht zum Lachen zumute. Seelenruhig verarzten sie mich, obwohl ich mich entschieden dagegen wehre. Ich jaule.

»Na, na«, meint Sofie, »tut es so weh, Django? Das wird schon wieder.«

Eine Salbe später lande ich wieder auf meinen Pfoten. Sofie streichelt mich, was mir ungemein guttut. Ich würde mich gerne dem Rausch des Wohlbefindens hingeben, aber Maximus! Was jetzt?

»Ist Maximus schon oben?«, fragt Tina gähnend.

»Nein.«

Ich maunze mit steigendem Ton. Keine Reaktion.

»Die Wunde muss wirklich wehtun.« Sofie ist besorgt.

Wie dumm, dass ich genau heute einen Kratzer haben muss. Der Alarm ist völlig nutzlos. Ich gebe auf. Nach ein paar tiefen Atemzügen folge ich Tina ins Schlafzimmer. Ich kann weder raus noch Hilfe leisten.

Also kuschle ich mich zu Tina und lasse mich von ihren Fingern verwöhnen. Mm, ich schnurre. Kurz darauf übermannt mich der Schlaf.

Am nächsten Tag schrecke ich unsanft auf. Meine weit aufgerissenen Augen wandern durch Tinas Schlafzimmer. Es ist menschen- und tierleer. Da schießt mir die gestrige Nacht durch den Kopf und ich springe entsetzt auf meine Pfoten. Maximus muss gerettet werden! Aber wie? Zumindest muss ich zu ihnen in den Stall. Vielleicht brauchen sie meine Hilfe.

Mit einem Sprung auf das Sims entdecke ich, dass die Position der Sonne die Mittagszeit angibt. Milo ruht gemütlich gegenüber auf der Terrasse. Ein riesiges Kissen verschlingt beinahe seinen eher klein gewachsenen Körper. Es geht ihm offensichtlich gut. Wie schön muss es sein, wenn man ein sorgenfreier Kater ist!

Als ich vom Sims springen will, sichte ich ein dunkles Fellknäuel auf der Steinbank unterm Apfelbaum. Es ist Blume! Ich muss mit ihr und Feline sprechen. Ich hüpfe mit einem Satz auf den Parkettboden und sprinte nach unten. Nur Sekunden später erreiche ich die Küche, wo Sofie an der Bar eine Zeitung liest.

»Django, ich sehe, es geht dir wieder besser. Wie schön!«

Ich schnurre, während ich um ihre Beine streiche. Sie steht auf und holt frisches Futter für mich. Es liegt keineswegs lange im Napf. Hastig fresse ich das

Bio-Hühnchen mit Gelee, um Kraft für den bevorstehenden Nachmittag zu tanken. Danach springe ich auf das Sims, was für Sofie das richtige Signal bedeutet. Sie öffnet das Fenster.

Im Garten sprinte ich sofort zu Blume unter den Apfelbaum. »Wo ist Feline?«

»Was ist los?«

»Wo ist Feline?«, wiederhole ich knurrend.

»Im Haus. Komm, Klara ist beim Einkaufen.«

Wir springen simultan über den Zaun. Während ich unter ihrem Apfelbaum Platz nehme, holt Blume ihre Schwester. Als Feline auf mich zukommt, bemerke ich, dass sie stark hinkt. Ihre Hüfte wankt wie ein Schiff in Seenot.

»Hast du Schmerzen?«

Felines Ohren ragen in Alarmbereitschaft steil in die Höhe, wobei sie sich unruhig hin und her bewegen. »Was ist passiert?«

Ich erzähle ihnen die Geschichte und beende die Kurzversion mit den Worten: »Wir müssen los.«

Feline nickt, Blume ebenso – und schon sind wir auf dem Weg über Gärten, Wiesen und Felder hinweg zum Einödhof. Die Sonne steht wärmend über uns, dennoch kühler als die vorherigen Tage.

Kurz vor dem Hof fällt mir auf, dass Feline zurückhängt. Ich drehe um und renne ihr entgegen, worauf sie ruft: »Lauf weiter! Ich komme in den Kuhstall.«

Sie muss Schmerzen haben. Ihr angespanntes Gesicht offenbart ihren qualvollen Zustand. Trotzdem folge ich ihrer Anweisung.

Am Eingang des Kuhstalls bleiben Blume und ich stehen. Wir wagen einen Blick hinein. Es ist kein runzliger Bauer oder Schäferhund zu sehen. Mit ein paar vorsichtigen Schritten betreten wir den Stall. Dann sprinten wir über den Gang und die Treppe hinauf zu Maximus. Doch keiner der zwei Kater ist da. Die Tierfalle ist ebenso weg. Katzenärger! Wo sind sie nur?

Feline keucht die Treppe hoch. »Hier sollen sie sein?« Vier Kätzchen-Augen blicken mich fragend an.

»Gestern Nacht waren sie genau hier!«

»Wo sind sie jetzt?«, fragt Blume.

»Woher soll ich das wissen!« Meine Nerven zerreißen gleich unter der Anspannung.

Da beginnt auch noch der Hund zu bellen. Seine dröhnenden Laute schmerzen in meinen Ohren. Was will das Mistvieh? Ich habe keine Möglichkeit, von hier aus auf den Innenhof zu sehen.

»Bleibt hier! Ich schau nach, was da vor sich geht«, befehle ich den beiden Kätzchen.

»Pass auf dich auf«, verfolgt mich Blumes zitternde Stimme. Erst jetzt fällt mir auf, wie weit sie über ihren mit Angst erfüllten Schatten springen musste, um Maximus zu helfen.

Am Tor zum Innenhof bemerke ich zu meiner Erleichterung, dass der Schäferhund an der Leine ist. Zudem rieche ich Yoda und Maximus. Sie waren hier. Die Spur führt in Richtung Hau…

Katzenschreck! Mein Herz bleibt beinahe stehen. Yoda taucht hinter mir auf. Fast hätte ich mich ihm fauchend entgegengestellt. Er zwinkert zur Begrüßung, was seine Augen im Sonnenlicht wie ein Meer an saphirblauen Diamanten strahlen lässt.

»Er ist im Keller.«

»Im Keller?«

»Vom Wohnhaus.«

»Warum?«

»Weil sie dort eine Mausplage haben. Das Viehzeug nagt die Vorräte an.«

Mir fällt die Schnauze herunter. Ich kann es nicht glauben. »Und, äh, und …«

»Wie können wir ihn retten?«

»Genau.«

Schlagartig kracht eine Türklinke mit voller Lautstärke. Das metallische Geräusch durchzieht unsanft meine bereits vom Bellen gequälten Ohren. Ich zucke in Abwehrhaltung zusammen. Gleichzeitig springt wie von Geisterhand die Haustür auf. Wir verziehen uns sofort hinter die Kuhstalltür, als Maximus wie ein Wilder aus dem Hof rennt. Er entdeckt uns und ruft: »Schnell weg von hier!«

Yoda und ich folgen ihm. Auf der abgemähten Wiese fallen mir die zwei Kätzchen ein und ich halte abrupt an.

»Was?!« Yoda ist verwirrt.

»Blume und Feline warten im Heuboden auf uns.«

»Über dem Kuhstall?«, will Maximus wissen.

»Genau dort.«

Yoda handelt blitzschnell und fordert Maximus auf: »Du läufst heim. Wir holen sie.«

Maximus willigt ohne zu murren ein.

Zurück am Einödhof, schleichen wir uns vorsichtig in den Kuhstall, unter den wachsamen Augen der Kühe den Gang entlang und die Treppe hinauf zum Heuboden. Dort sitzen Feline und eine von Angst gebeutelte Blume hinter einem Heuhaufen.

»Maximus ist frei! Er hat sich die Türen selbst geöffnet.« Yoda strahlt übers ganze Gesicht.

Feline und Blume wirken auf Anhieb erleichtert. Dennoch sind wir noch lange nicht in Sicherheit, als die kratzende Stimme des Bauern durch den Stall zieht. Er fordert den Hund im Hof auf, sich still zu verhalten. Yoda und ich hüpfen hinter den Heuhaufen zu Feline und Blume. Wir geben keinen Mucks von uns. Der Bauer spricht derweilen zu seinen Kühen über das frisch abgemähte Gras, das er als besonders gut beurteilt. Na ja, es duftet wirklich fein. Der würzige Geruch beinhaltet Kräuter und Klee. Es muss köstlich schmecken, wenn auch die Kühe es zum Kauen nicht lange im Maul behalten.

Nach einer scheinbar endlosen Weile verlässt der Bauer den Stall. Ein tuckernder Motor springt an. Das klopfende Geräusch wird stetig leiser. Blitzschnell machen wir uns auf den Weg in unsere Heimat. Dabei bleibe ich mit Feline zurück und frage sie noch mal: »Hast du Schmerzen?«

»Ja.«

»Kann dir Klara helfen?«

»Sie versucht ihr Bestes. Der Tierarzt hat ihr dazu Anweisungen gegeben.«

»Anweisungen?«

»Wie sie meine Hüfte massieren soll und so.«

Ich fühle mit Feline. Sie ist mir eine wichtige Freundin geworden, wenn nicht die allerbeste.

In unserem Garten warten Blume und Yoda auf uns.

»Django, Feline und Blume«, beginnt Yoda überaus feierlich, »schlafen wir ein wenig, essen wir und danach treffen wir uns zum Sonnenuntergang an der Eiche. Heute Abend gibt es meine Überraschung.«

Blume zieht das rechte Auge zweifelnd nach oben. »Schritt 3 oder eine Überraschung?«

»Beides.«

Ich seufze. »Yoda, nach dieser Aktion brauche ich Spaß und keine aufregende Übung.«

»Und genau darum geht es: Spaß!«

Ich sitze vor der Terrassentür im Wohnzimmer und blicke auf die bunten Farben am Horizont, während der Mond noch in blasser Erscheinung aufwärts wandert. Ich grüße ihn, den Freund, der alle meine Abenteuer und Geheimnisse kennt. Ich schätze ihn urplötzlich aus einer melancholischen Laune heraus.

Da schneit Tina ins Zimmer. »Willst du raus, Django? Wie geht es deiner Pfote?«

Sie nimmt mich auf den Arm und begutachtet den winzigen Kratzer darauf. Ich wundere mich, dass sie die dünne Linie überhaupt sieht.

»Schon besser! Ich schmiere dir noch mal eine Salbe darauf. Dann kannst du raus.«

Okay. Ich lasse das Aufstreichen ruhig über mich ergehen. Danach geht es in die freie Natur. Geschwind laufe ich zur Eiche, wo Maximus und all meine Freunde auf mich warten. Na ja, offensichtlich nicht meine vermissten Freunde. Trotzdem bin ich nach der heutigen Flucht von Maximus in Bezug auf die Rettung von Kira, Chico, Whiskers und äh, ja, Leon positiver eingestellt.

»Hey«, grüße ich alle Anwesenden.

Yoda grinst weit über seine Schnurrhaare hinaus. Die Überraschung steht wohl parat zum Auspacken.

»Nun gut«, beginnt er, »der erste Schritt der geistigen Kriegskunst der Katzen ist die Meditation, also die bewusste Wahrnehmung der Gedanken und das Üben, um die Kontrolle über sie zu erlangen.«

Blume hebt ihre Pfote. Yoda nickt.

»Beim Meditieren entdecke ich die Melodie, die in mir schwingt.«

Oh, Katzenhimmel, jetzt geht das wieder los.

»Du entdeckst deine wahre Natur, sehr gut, Blume!« Yoda lächelt Blume wohlwollend an. Er scheint mit ihr äußerst zufrieden zu sein.

Da zieht ein feuriger Stich durch meine Brust. Er weckt das eifersüchtige Monster darin. M-hm.

»Wie oft sollte man üben? Meine Gedanken wehren sich ständig gegen das Abstellen oder das Wegschicken.«

Wie kann Blume so etwas Dummes fragen?!

»Bevor du sie wegschickst, werde ihrer bewusst, akzeptiere sie und lass sie los. Durch die Übung sollte dieser Prozess irgendwann rasend schnell ablaufen. Üben solltet ihr mindestens jeden Morgen und Abend.«

Ich schlucke hart. Dennoch will ich auch etwas zu diesem Gespräch beitragen und berichte: »Mir hilft am besten die Vorstellung mit dem abwärts laufenden Fluss.«

»Sehr gut!« Yoda grinst. »Ich schicke sie gerne in die Wüste.«

Feline lacht. »Mir gefällt die Wüste auch besser. Dort können sie gleich austrocknen, sterben und brauchen nie wieder zurückzukommen.«

Jetzt lachen wir alle. Unser heiteres Jodeln verbindet sich mit der frischen Brise der Nacht, worauf beides gemeinsam über die Felder zieht.

»Der zweite Schritt ist die Selbstbeherrschung. Ihr erlangt die Macht über eure Triebe, womit ihr eure Reaktionen steuern könnt.«

Blume hebt die Pfote. Yoda nickt.

»Wir studieren uns selbst, lernen und vergessen.«

Yoda grinst. »Wir vergessen und werden in der Stille eins.«

Jetzt wird es mir zu viel. Wir vergessen was, den Trieb? So ein Unsinn. Vielleicht können wir lernen, ihn zu kontrollieren, aber mehr auf keinen Fall.

»Müssen wir heute den Katzen zusehen, wie sie Leckerlis fressen?«, will Feline wissen.

»Heute nicht. Heute geht es um den dritten Schritt.«

Feline und ich atmen erleichtert durch.

»Wenn man sich in der Tiefe des Seins weiterentwickeln will, um den Gefahren des Lebens entgegenzutreten, darf man eines nicht vergessen: den Spaß!«

»Den Spaß?«, wundert sich Maximus.

»Genau den!« Yoda grinst. »Folgt mir«, bittet er uns.

Und das tun wir. Wir folgen ihm am Waldrand entlang bis hin zum Getreidefeld. Dazwischen liegt eine einfache Feldstraße, die auf den südlichen Teil des Waldes zusteuert.

»Der Wald gegenüber dem Weizen gehört dem Sohn meiner Zweibeiner Elisa und Tony.«

Ich kann für alle Anwesenden sprechen, wenn ich behaupte, dass wir über Yodas Aussage staunen. Besitzverhältnisse interessieren uns Katzen nämlich ganz und gar nicht.

»In Amerika hatten wir einen viel größeren Garten als hier. Als Elisa mit ihrem Sohn darüber sprach, mir wie in Amerika einen Parcours errichten zu wollen, war ich hin und weg. Er ist der völlige Spaß auf vier Pfoten und die nötige Finesse als Teil unserer geistigen Entwicklung. In unserem Garten ist dafür kein Platz, deshalb hat ihr Sohn angeboten, ihn mit seinen Eltern hier im Wald aufzubauen.«

Jetzt bin ich platt. Yoda hat überaus aufmerksame Zweibeiner. Mhm, na ja, Maximus und ich besitzen einen mehrstufigen Kratzbaum mit Tunnels, Höhlen und einer Hängematte! Wie ein Katzenparcours wohl aussieht? Gibt es so etwas überhaupt?

Die Antwort folgt sogleich. Und sie ist gigantischer, als ich sie mir je in meinen Träumen hätte vorstellen können. Es ist ein Eldorado für Katzenfreude.

Feline, Blume, Maximus und ich stehen mit offener Schnauze am Waldrand und starren auf den vielseitigen Parcours. Auf Lärchen, Fichten, Kiefern und Buchen sind in unterschiedlicher Höhe Holzbretter angebracht, die scheinbar aus den dichten Blättern und Nadeln herauswachsen. Gigantische Planken verbinden sogar den einen mit dem anderen Baum in teilweise schwindelerregender Höhe. Überall hängen Spielmäuse an den Ästen. Andere liegen auf den Brettern, sodass wir sie herunterschubsen können. Lange künstliche Federn laden in Bodennähe zum Spielen ein. Ausgehöhlte Baumstämme liegen quer in der Gegend herum. Manche ragen in die Höhe, man kann sie durch ein hoch gelegenes, großflächiges Holzbrett betreten. Außerdem sehe ich ausgehöhlte Baumstämme, die einen Schutz vor angreifenden Pfoten bieten, sowie Bommeln aus Wolle, die unseren Spieltrieb zu einem Sprung in die Höhe reizen. Es ist das absolute Katzenparadies. Über dem Parcours ist ein Holzdach angebracht, das ihn wohl vor Wind und Wetter schützen soll. Die Pfeiler, die es tragen, liegen an den äußeren Rändern. Sie sind die perfekten Krallenschärfer. Mein Katzenherz schlägt höher.

Maximus rennt los, wobei ihn acht Katzenaugen verfolgen. Er springt auf ein in etwa eineinhalb Meter hohes Brett, das zwischen den tragenden Lärchenästen herausragt. Es ist offensichtlich stabil angebracht.

Danach hüpft er zwischen grünen Nadeln, rötlich-gelben Blüten und eiförmigen Zapfen auf einen höher gelegenen Ast und weiter auf ein darüberliegendes Brett. Von dort aus tapst er über eine angenehm breite Planke zu einer Buche. Er kickt eine Maus hin und her, schubst sie über die Kante und beobachtet ihren Segelflug, bis sie am Boden liegt. Nur zwei Bretter tiefer betritt er einen Tunnel. Er robbt zurück zum Boden, wo er sich dem Federnspiel nähert. Maximus kugelt sich auf dem Rücken, mit den Krallen fest in den Federn. Die abgefallenen Buchenblätter rascheln unter seiner Last. Es macht Spaß, ihm zuzusehen.

Dann sprinten alle los und ich sofort hinterher. Katzenspaß, oh Katzenspaß! Wir tollen herum, schubsen Stoffmäuse auf den Boden, fangen andere auf den Zweigen, hängen uns mit aller Kraft daran, balancieren auf fein gesägten Planken und leben unser Katzenglück in vollen Zügen aus. Alle Sorgen um Kira sind verschwunden, als ob sie der reinen Illusion angehörten.

Die Zeit scheint im Wohlgefühl unserer Spielfreude zu rasen. Der Mond steht nun in vollem Schein am Himmel. Ich blicke ihn begeistert an. Es ist, als ob er mir zufrieden zuzwinkern würde. Wahrscheinlich bereitet ihm unser Katzenspaß genauso viel Freude wie uns. Hm, warum ich dem Mond neuerdings so viel Leben zuspreche? Wer weiß das schon. Oder ist es, weil er mein Freund ist?

Jetzt jedoch beginnt wieder der Ernst. Es ist mitten in der Nacht und keine Nachtwache ist unterwegs, um Spuren zu suchen und die Katzen der Gegend zu beschützen. Ich würde ja nur das Leben meiner Freunde verteidigen, aber Yoda steht allen Katzen mit unerschütterlichem Gleichmut und Hilfsbereitschaft gegenüber. Er will ihnen nur das Beste, auch wenn sie sein Revier betreten. Obwohl mir auffällt, dass die Katzen genau sein Revier in Ruhe lassen, wo sie unseren Garten mit ihren Düften vollstinken.

Feline und Blume verabschieden sich. Ich bemerke, dass Felines Hüfte trotz Überbeanspruchung in der Bewegung weicher wirkt.

»Mach dir keine Sorgen. Felines Hüfte wird bestimmt bald besser«, bemerkt Yoda, der wie immer meine Gedanken lesen kann.

Woher er das wissen will? Egal. »Sollen wir?«

Maximus nickt und Yoda meint: »Heute Nacht bleiben wir zusammen.«

Wir sind alle einverstanden. Daraufhin geht es über das Maisfeld hin zu den Dorfgärten. Im Ortskern treffen wir auf einige Katzen der Umgebung, wobei ich feststellen muss, dass Maximus wie ausgewechselt ist. Er und Yoda vergnügen sich beinahe im Gespräch mit den anderen.

Was ist nur mit meinem Bruder los? Hat Yoda ihm doch eine Gehirnwäsche verpasst oder ihn womöglich durch Hexerei verzaubert?! Mir wird ganz anders zumute, als ich sie in freundlicher Annäherung einen Kater aus dem Nachbardorf begrüßen sehe. Ich kann es nicht glauben und blicke auf die Dorfkirche, die wie ein freundliches Warnzeichen im Licht des

Mondes hinter ihnen steht. Mit ihren Hunderten von Jahren auf der Kuppel blickt sie weise auf uns herab. Bestimmt ist ihr ein solches Katzenverhalten in ihrem langen Leben ebenso fremd geblieben wie mir in meinem kurzen. Meine ureigenen Katzeninstinkte wehren sich strikt dagegen. Ob die Katzen in Amerika andere Impulse verspüren als wir?

Kurz darauf geht es endlich weiter. Beschwingt schleichen sie neben mir die Straßen entlang. Ich dagegen fühle eher eine Schwere in meiner Brust, weil ich Maximus' Verwandlung als katzenfremd und falsch beurteile.

Da nähert sich mir Yoda. »Es gibt kein Falsch oder Richtig. Maximus respektiert mich als seinen Lehrer. Daher glaubt er meinen Worten. Wahrer Glaube ändert alles.«

Aha. Maximus ist einfach nur von Yoda beeindruckt, wobei sich Yodas Weisheiten mit der Emotion der Wahrheit in seiner inneren Natur verfestigen. Oder so! Wer weiß das schon.

Am Ortsschild entdecken wir den grünen Kastenwagen, der auf der Landstraße in unsere Richtung fährt. Wir verstecken uns hinter einer Hecke. Als er uns passiert, rieche ich die tierischen Düfte, die aus den offenen Heckfenstern strömen. Wir folgen dem Wagen in einem gehörigen Abstand, was leicht ist, da er im Schritttempo fährt. Bald darauf nähern wir uns der Baustelle, wo er erneut stehen bleibt.

Die Baustelle macht den gleichen Eindruck wie in der Nacht des Grauens, als Blume beinahe entführt worden wäre. Lediglich ein hohes Ungetüm steht jetzt an der Einfahrt. Genau daneben ruht der Kastenwagen.

Der Fahrer steigt aus, während wir hinter einen Steinhaufen hüpfen. Mit unseren Pfoten auf der oberen Wölbung beobachten wir den hageren Mann, der wie zuvor sein Gesicht hinter einer Kapuze versteckt. Doch heute kann ich ihn riechen. Er kommt mir bekannt vor. Sein Duft löst in mir eine vertraute Unruhe aus. Seine Identität bleibt mir trotzdem verborgen.

Er öffnet die Hecktüren und kramt im Inneren des Wagens herum. Doch an diesem Abend nimmt er keine Tüte mit Leckerlis heraus, sondern eine Schale mit Deckel. Yoda zuckt zusammen.

»Was ist los?«

»Dort drinnen ist Katzenminze.«

»Katzenminze?«, frage ich erstaunt.

»Sie hat eine euphorisierende Wirkung auf uns. Sie zieht uns magisch an.«

Jetzt auch noch ein Duft?! Wo soll das hinführen?

Maximus knurrt: »Wir müssen dem Duft widerstehen.«

Der mutmaßliche Katzenjäger öffnet die Büchse der Pandora und schon fließt der magische Geruch verführerisch in unsere Nasenhöhlen. Er ist grausam berauschend. Ich will sofort in das ätherische Elixier der pfefferminzartigen Zitrone eintauchen. Ich ... ich ...

Maximus' Körper bebt in Erregung. Mein Körper wird ebenso von einem entzückten Zittern übermannt. Katzenminze, du musst die Pflanze des Katzenhimmels sein.

»Halt!« Yodas Stimme drückt mich förmlich zu Boden. »Wir müssen weg.«

»Auch auf die Gefahr hin, dass eine Katze davon angezogen wird?«, fragt Maximus überraschend ruhig.

Yoda nickt.

Mit viel Kraft entferne ich mich mit den beiden von dem verführerisch gut riechenden Gewächs. Erst in unserem Garten wird mir leichter um die Brust. Die Katzenminze hat in mir nicht nur eine blinde Leidenschaft für sie, sondern auch meinen Spieltrieb entfacht.

»Wo gibt es Katzenminze?«, will ich wissen.

»Keine Ahnung, wahrscheinlich bei der hiesigen Gärtnerei.«

»Können wir dorthin?«

»Wenn du dich mit dem dort lebenden Kater anlegen willst, bestimmt«, kontert Maximus mit einem Grinsen auf der Schnauze; zu amüsiert für meinen Geschmack.

Ich knurre und schleiche unter den Apfelbaum. Dort mache ich es mir gemütlich. Die beiden folgen mir. Ich seufze lautstark. Maximus gähnt herzhaft. Er hebt seinen ausgestreckten Unterarm in Richtung Kopf, worauf er seine Zunge über die Mittelhand seiner Vorderpfote hin zu den Fußballen zieht. Allein das schnalzende Geräusch weckt in mir die Lust auf eine Reinigung meines eigenen Fells. Ich beginne mit der rechten Pfote, wobei mir auffällt, dass der Kratzer kurz vor dem endgültigen Verschwinden ist. Nach einer weiteren Pfote und einem Bein fahre ich mit dem Rücken fort. Yoda beobachtet uns derweilen in Stille. Eingerollt liegt er neben uns.

»Was denkt ihr?«, fragt er nach einer Weile.

»Über Katzenminze?«, will ich wissen.

»Nein. Was geht in euren Gedanken vor?«

Ich schnurre. »Katzenminze.«

Maximus schüttelt den Kopf. »Ich denke an die vermissten Katzen, an den gruseligen Steinkeller im Einödhof und die noch grässlicheren Besitzer, und an die Möglichkeit, unsere Freunde nie wiederzusehen.«

Ich sitze abrupt aufrecht. »Wieso?«

»Falls der Typ von gerade eben der Katzenjäger ist, werden wir sie niemals retten können.«

»Warum nicht?«, staune ich über seinen überwältigenden Pessimismus.

»Willst du entführt werden?«

Ich blicke Maximus entgeistert an.

»Ich habe auch keinen Bock darauf! Ergo, wir müssen uns von ihm fernhalten.«

Maximus' Worte kreisen wie wild in meinem Kopf. Er hat recht. Wir dürfen uns keineswegs der Gefahr einer Entführung aussetzen, wo wir vielleicht … ich kann es nicht einmal denken. Ich lege mich betrübt auf den Boden. Kira, meine schöne Kira wird für immer verloren bleiben. Meine Brust schmerzt unerträglich hart. Doch dann vernehme ich einen mir bekannten Katzenduft, der jetzt viel angenehmer auf meine

Nase wirkt. Es ist Milo. Ich öffne meine Augen und sehe ihn hinter dem Zaun sitzen.

Sein Fell ist am Nachwachsen. Er sieht gut und gesund aus. Seine runden, weit geöffneten Augen blicken mich frisch an. Nur seine ausgefransten Ohren und seine Narben offenbaren sein vorheriges Streuner-Dasein.

»Beobachtest du uns beim Schlafen?«, frage ich ihn mit sanfter Stimme.

Maximus' und Yodas Augen springen auf.

»Ich habe eine Idee«, erklärt Milo.

»Komm zu uns!«, fordert Yoda ihn auf.

Milo springt mit Elan über den Zaun und gesellt sich zu uns. Kurz darauf sitzen wir aufrecht im Kreis unterm Apfelbaum.

»Ich lasse mich von dem Kastenwagenfahrer einfangen.«

»Wie bitte?!«, entfährt es mir maunzend. Er ist zwar kein Freund, aber sein Wohlsein liegt mir am Herzen.

»Was, meinst du, könntest du damit bewirken?«, entgegnet Yoda mit einer Portion Mitgefühl in seiner Stimme.

Milo senkt seinen Blick. »Ich möchte euch helfen.«

Sein Wille berührt mich. Allein der zählt. Ich stelle mich auf die Pfoten, um Milo als Freund von Schnüffelnase zu Schnüffelnase willkommen zu heißen.

Yoda grinst zufrieden. »Wir werden morgen mit der Spurensuche weitermachen. Aber vielleicht gibt es doch noch einen Weg, wie du uns helfen kannst.«

»Wie?«, frage ich verdutzt.

»Es war ein langer Tag und eine lange Nacht. Jetzt schlafen wir. Ich bin furchtbar müde.«

Maximus springt auf. »Ich will rein.«

Ich nicke zustimmend. »Dann bis morgen, meine Freunde.«

»Denkt an das Meditieren vor dem Einschlafen«, verfolgt mich Yodas Stimme durch den Garten. Ich enthalte mich einer Antwort, dennoch nehme ich es mir ernsthaft vor.

Tinas Finger kraulen meinen Bauch. Mm, ich schnurre. Dabei übe ich die Meditation. Es geht mir gut. Meine angsterregenden Gedanken über Kiras Zustand schicke ich den imaginären Fluss hinunter und es funktioniert, zumindest in dieser genussreichen Stimmung. Somit bleibe ich im Rausch des Wohlbehagens. Mir fällt auf, dass ich es sogar länger aushalte als sonst.

Warme Sonnenstrahlen berühren mein Fell. Es muss früher Nachmittag sein. Ich muss los. Die anderen warten bestimmt schon an der Eiche auf mich. Ich strecke alle viere von mir, wobei mein Körper in Ekstase vibriert. Daraufhin reibe ich dankend meinen Kopf an Tinas Brust.

»Jetzt hast du bestimmt Hunger, Django.«

Sie ist eine wahre Katzenflüsterin! Kurz darauf genieße ich Ente und Huhn in Gelee. Hmh, lecker!

An der Eiche warten bereits alle auf mich.

»Wo bleibst du denn?«, ruft mir Feline entgegen. »Wir müssen los.«

»Warum so eilig?«

»Weil wir heute zwei große Gebiete absuchen wollen«, antwortet Yoda.

»Und?«

»Wir wollen danach am Haus in der Senke die Zurückhaltung üben«, erklärt Blume.

Na wenigstens ist es keine Katzenminze. »Okay.« Ich blicke Yoda tief in die Augen. »Ihr habt bestimmt bereits die Gebiete eingeteilt?«

Yoda lächelt. »Feline und Maximus grasen die zwei Dörfer im Süden ab. Wir suchen im Norden.«

»Wo ist Milo?«, will ich wissen.

»Milo?«, wundert sich Blume.

»Er will uns helfen.«

»Er kommt noch früh genug zum Einsatz«, bemerkt Yoda, erneut zu ungenau für meinen Geschmack.

Ich folge Yoda und Blume über Getreidefelder und Wiesen hinweg auf eine mir unbekannte Weide. Katzenhimmel sei Dank, die Kühe sind woanders. Teilweise laufen wir im Zickzack an den Kuhfladen vorbei. Über eine weitere Wiese nähern wir uns einem Wald. Diesen durchqueren wir auf einem Kieselweg, wo wir nirgendwo Spuren von unseren Freunden finden. Kurz vor seinem Ende verdichtet sich der Wald in gruseliger Erscheinung.

Mir wird mulmig zumute. Was liegt wohl dahinter?

»Es ist auf keinen Fall das Ende«, ruft mir Yoda entgegen.

Klaro, er ist ja der Telepathie mächtig! »Was ist es dann?«, will ich wissen.

»Ich nehme an, ein anderes Dorf.«

»Warst du schon dort?«

»Nein.«

»Woher nimmst du dann die Weisheit?«

»Weil es die einzige logische Erklärung ist.«

Ich seufze.

»Deine ängstlichen Gedanken sind lediglich die Illusion deiner Vorstellungskraft. Schick sie fort!«

»Wie denn?! Das Boot hängt mit überdimensionalem Anker fest am Hafen meiner imaginären Welt.«

Yoda bleibt kichernd stehen. »Wie wir heute wissen, ist die Erde rund und keine Scheibe. Also stürzen wir auf keinen Fall an der Kante ins unendliche All.« Jetzt kichert er mit vollem Körpereinsatz.

»Was ist los?«, will Blume wissen.

Yoda winkt mit der Pfote ab. »Wir müssen uns auf die Gerüche konzentrieren.«

Und damit hat er recht. Am Waldrand teilen wir uns auf, sodass wir in einem erheblichen Abstand durch den Wildacker laufen. Das hohe Gras ist voll von Kräutern, Klee und Blumen. Ein Kitz fiept in der Nähe. Vermutlich finden mehr von ihrer Art in diesem wildtiergerechten Eldorado Schutz. Da tapse ich vorsichtig voran, um niemanden unnötig aufzuschrecken. Dabei entdecke ich in der Ferne Häuser. Es ist tatsächlich ein Dorf wie jedes andere.

Vor Ort bleiben wir zusammen. Wir durchkämmen Straße für Straße, wobei wir alles beschnuppern, was uns entgegenkommt. Hier müssen einige Katzen leben, die allesamt übel riechen. Manches Mal kommt es mir so vor, als ob uns argwöhnische Katzenaugen hinter den Fenstern der Häuser beobachten. Doch keine Katze kreuzt unseren Weg; wie eigenartig.

Danach sprinten wir über eine weitere Blühfläche auf ein Haus zu, das weit außerhalb des Dorfes liegt. Allein und verlassen wirft es einen stetig länger werdenden Schatten. Das halb verfallene Bauwerk gleicht einer Ruine. Nach einer ausführlichen Spurensuche um das Gebäude herum wird uns klar, dass ausgerechnet Chico schon einmal hier war. Er wohnt ja erst seit zwei bis drei Monaten bei uns.

Außer Chicos Gerüchen sind noch eine Menge anderer Katzendüfte feststellbar. Außerdem klingen merkwürdige Piepsgeräusche durcheinander, die ganz bestimmt nicht von Mäusen sind. Eine Einordnung ist mir unmöglich. Also frage ich Yoda: »Was ist das?«

Yoda grinst, wie üblich ohne mir eine zufriedenstellende Antwort zu geben: »Wirst du bald sehen.«

Im Inneren müssen wir vorsichtig über herabgefallende Mauersteine und Ziegel tapsen. Wir teilen uns auf, wobei ich den Gang entlang in ein Bad schleiche. Von Schritt zu Schritt werden die Mi-mi-Geräusche lauter. Was ist das bloß?

Da stockt mir der Atem. Eine halb verhungerte Europäische Kurzhaarkatze liegt am Boden, umringt von ihren winzigen Kätzchen. Ihr rot-weißes Fell ist struppig und entsetzlich dreckig. Es muss unangenehm auf ihrer Haut liegen. Als sie mich entdeckt, bewegen sich ihre von Kämpfen geschundenen Ohren aufgeregt hin und her.

Ich tapse über Steine und Ziegel hinweg auf sie zu, worauf sich zwei Kätzchen ohne Angst an mein weiches Fell schmiegen. Die anderen drei taumeln ohne festen Halt wild in der Gegend herum. Es ist eine gefährliche Umgebung für solch junge Kätzchen, die noch nicht einmal ihre Augen richtig öffnen können. Meine Brust zieht sich schmerzhaft zusammen.

»Was ist los?«, frage ich die Mutter, deren Gesicht einer ausgequetschten Orange gleicht.

»Ich bin müde«, vernehme ich ihre geschwächte Stimme.

Dabei fällt mir der Held unserer Katzenwelt ein und ich rufe: »Yoda!«

»So«, antwortet er, wobei er direkt hinter mir an der Türschwelle steht. »Du hast sie gefunden.«

»Und jetzt?«

»Sie ist stark abgemagert. Sie kommt mit zu mir.«

»Aber wie? Der Weg ist zu lang und zu beschwerlich.«

»Das lass mal meine Sorge sein.« Er wendet sich der Mutter zu. »Wir müssen weiter. Ich verspreche dir, dass ich zurückkomme.«

Nach einer gründlichen Durchsuchung der Ruine laufen wir ohne weiterführende Ergebnisse über eine Hütte, zwei allein stehende Häuser und einige Schrebergärten zurück zur Eiche. Dort warten Feline und

Maximus auf uns. Hinter ihnen zeigt sich der Horizont mit einem dominanten rosa-hellblauen Stich. Die Sonne verabschiedet sich bereits.

»Wir haben nichts«, erklärt Feline enttäuscht.

»Wir auch nicht. Na ja«, erzähle ich, »Chico war an einer Ruine, aber es sind alles alte Spuren. Sie haben bestimmt nichts mit seinem Verschwinden zu tun.«

Für einen langen Moment sitzen wir still und gedankenverloren in der Runde. Dabei macht sich das Monster in meiner Brust mit einer bedrückenden Schwere bemerkbar. Ich werde Kira nie wiedersehen; ihre anmutige Statur, ihr prächtiges weißes Fell, ihre ausdrucksstarken Augen und ihren buschigen Schwanz, der sich steil nach oben richtet, wenn sie sich besonders wohlfühlt. Niemals wird es mit ihr langweilig. Sie ist verspielt und intelligent. Ach, meine Kira, ich werde dich unendlich vermissen.

Yoda räuspert sich lautstark. Was kommt jetzt? Vielleicht eine Aufmunterungsrede? Die will ich nicht hören.

»Ich hoffte, dass Django falsch liegt.«

Wie? Was?

»Ich gebe zu, die Wahrscheinlichkeit wird größer, dass der Kastenwagenfahrer der Katzenjäger ist, was uns zu Plan B führt.«

Plan B?

»Ich hatte gestern Nacht mit Milo ein langes Gespräch. Er wäre bereit, sich der Gefahr einer Entführung auszusetzen.«

»Wie bitte?!«, keucht Blume entsetzt.

Mir fällt auf, dass Blume seit Langem nicht mehr im Schatten der Eiche, sondern bei uns in der Runde verweilt. Yoda und seine Weisheiten verleihen ihr ein zunehmendes Selbstvertrauen. Er ist ein komischer Kater-Typ, aber eben auch ein Held.

»Django, was meinst du?« Yoda reißt mich aus meinen Gedanken.

»Zu was?«

»Hast du eine Idee, wie Milo mit einer selbstlosen Tat wie dieser helfen könnte?«

Meine Gedanken spielen verrückt. Nervös bewege ich meinen Schwanz am Boden hin und her.

»Vielleicht«, stammle ich, »vielleicht könnte ich ja mit ihm …«

»Spinnst du?«, stößt Maximus kopfschüttelnd aus.

Ich hole tief Luft. Ohne mir die Sache ernsthaft überlegt zu haben, erkläre ich: »Milo lässt sich fangen, während ich durch die Hecktüren in den Wagen springe. Dort verstecke ich mich. Vor Ort kann ich durch die offenen Heckfenster herausspringen und nach Hause laufen. Dann wissen wir, wo sie sind.

»Das ist ein dummer Plan B«, entfährt es Feline scharf. »Was, wenn er stundenlang irgendwo hinfährt?! Wie willst du da zurückfinden?«

Blume bemerkt: »Durch unser stark ausgeprägtes Heimfindevermögen oder den achten Sinn oder so. Rannte die Katze nicht über 700 Kilometer nach Hause?«

»Du unterstützt diesen Wahnsinn?«, faucht Feline ihre Schwester an.

Blume senkt ihren Blick. »Wenn sie damit Whiskers retten.«

»Warum sollte er Hunderte von Kilometern fahren, um genau hier Katzen einzufangen«, klinkt sich Yoda ein. »Er ist aus der Gegend.«

»Bestimmt, weil ich seinen Geruch kenne«, stimme ich Yoda zu.

»Mir kommt er auch bekannt vor!«, ist sich Maximus sicher.

»Das Risiko ist somit gering«, stelle ich um Felines willen klar.

»Was, wenn er dich im Wagen entdeckt? Dann seid ihr beide …, ach, wo auch immer ihr dann seid. Auf jeden Fall nicht zu Hause«, argumentiert Feline.

»Ich finde es eine gute Idee.« Yoda bringt uns immer wieder zum Staunen. »Und es ist die einzige, die wir haben.«

»Wir könnten unser Suchgebiet noch mehr ausweiten«, schlägt Feline verzweifelt vor.

»Das tun wir die nächsten sieben Tage. Wir suchen nach Spuren, machen unsere Drei-Schritte-Übungen und am Ende ziehen wir Plan B durch oder eben nicht.«

Es kehrt eine unheimliche Stille ein. Was passiert am Ende der sieben Tage? Ein durchdringender Schauer der Angst lässt meine Nackenhaare in Richtung Himmel stehen. Dennoch schaffe ich es, die furchterregenden Bilder über einen möglichen schrecklichen Ausgang den imaginären Fluss hinunterzustoßen. Vorerst bleibe ich ruhig.

Yoda lächelt mich mit einem gleichmütigen Gesichtsausdruck an. »Es wird schon gut gehen.«

Ich nicke.

»Tu mir den Gefallen und übe mit aller Kraft die drei Schritte der geistigen Kriegskunst der Katzen.«

Ich nicke in der wahren Absicht, genau das zu tun. Ich weiß, dass mich starke Nerven am Leben erhalten können.

Die nächsten Tage vergehen wie im Flug. Wir meditieren nach dem Aufstehen, gehen auf Spurensuche, üben die Selbstbeherrschung durch die Beobachtung Leckerlis fressender Katzen und sausen berauscht durch den Parcours. Yodas Zweibeiner müssen sich täglich um den Parcours kümmern, denn jedes Mal liegen die Mäuse erneut bereit zum Kicken und In-die-Tiefe-Schubsen, herabgefallene Federn hängen perfekt an den Ästen und verrutschte Höhlen stehen auf alter Position.

Es ist das absolute Katzenparadies. Es lässt mein Herz höherschlagen, und wie ich bemerke, macht es mich wendiger. Das Hin- und Herhüpfen, das Kriechen durch die Höhlen und das Auf-und-ab-Balancieren trainieren Muskeln, die ich normalerweise nur selten beanspruche. Außerdem beruhigt es meinen Geist, da ich mich voll und ganz auf den Parcours konzentrieren muss. Mein Gedankenkino hat dagegen keine Chance.

Der grüne Kastenwagen parkt derweilen nur zweimal an der Baustelle. Dabei beobachten wir den mutmaßlichen Katzenjäger auf Schritt und Tritt. Außerdem erhaschen wir einen Blick auf das Innere des Laderaums. An der rechten Seite stehen die mir bekannten Kästen mit Schubfächern. Daneben entdecken wir einen Koffer aus schwarzem Leder, zwei unterschiedlich große Käfige und ein paar Plastikbehälter, die wir auf die Schnelle nicht zuordnen können. Graue Decken liegen fein zusammengelegt im hinteren Teil des Raums. Dem Drang, in die verführerische Katzenminze einzutauchen, begegnen wir mit einem starken Willen, uns dieser zu enthalten. Es funktioniert, auch wenn ich glaube, dass sie ein Geschenk des Katzenhimmels ist.

Am Abend oder frühmorgens üben wir vor dem Einschlafen erneut, wobei ich nun ganz für mich allein schnurre. Es tut gut, auch wenn ich mal besser, mal schlechter bin. Immer wieder zeigt sich mir für Sekunden die Schönheit eines gedankenleeren Geistes. Mein Körper fühlt sich dabei beinahe schwerelos an. Diesen Zustand zu halten, ist mir jedoch unmöglich.

Nun neigen sich die sieben Tage dem Ende zu und wir haben keine verwertbaren Spuren, die uns zu unseren Freunden führen. Es bleibt nur noch die Theorie vom Kastenwagenfahrer übrig. Die Furcht, die seine gruselige Schattengestalt bei mir auslöst, kann ich neuerdings geschwind in ein imaginäres Boot setzen und mit dem Wasser abwärts von mir wegschicken.

Der Wunsch, Kira zu retten, überwiegt zunehmend. Außerdem wächst in mir eine Neugierde, was mit den Katzen passiert sein könnte.

So sitzen wir am sechsten Abend nach einer erfolglosen Spurensuche entmutigt an der Eiche. Nach einem regenreichen Tag klart der Himmel endlich auf. Die Sonne ist gerade erst untergegangen. Tausende Sterne glitzern glasklar im hellblauen Nichts.

Feline wirkt bestürzt. Sie senkt ihren Kopf, wobei ihre Schnurrhaare deprimiert zu Boden hängen.

»Was ist, Feline?«, frage ich besorgt.

»Ich will nicht, dass du und Milo die nächsten Tage in den Wagen eines irren Katzenhassers steigt. Das Risiko ist zu groß. Und was dann? Selbst wenn du nach Hause findest und wir allesamt zurücklaufen, wie sollen wir sie ohne Zweibeiner retten? Wir haben nun mal nur eingeschränkte Möglichkeiten.«

»Ich habe keine Ahnung, aber sollten wir es nicht wenigstens probieren?«

Feline schüttelt den Kopf.

Blume streicht ihr mit der Pfote mitfühlend über den Rücken. »Ich fürchte mich auch. Trotzdem hat Django recht. Wir müssen zumindest herausfinden, was mit ihnen passierte. Sonst kriegen wir niemals eine Ruhe.«

»Kann Django es wirklich herausfinden?«, bezweifelt Feline. »Wir sind plüschige Felltiere, um Katzen willen!«

Ich verkneife mir ein abruptes Loslachen, weil ich weiß, wie ernst es Feline ist.

Dennoch sind wir keine plüschigen Felltiere, sondern kleine Löwen und Tiger. Wir sind Raubtiere, nicht mehr, aber auch nicht weniger. Mit den Drei-Schritte-Übungen und meinem ungebremsten Willen kann ich alles schaffen. Ob ich herausfinde, wo die vermissten Katzen sind, liegt mir jedoch ebenso verborgen. Wer weiß das schon. Ich muss das Risiko eingehen.

Da wittere ich Milos vertrauten Geruch. Ich drehe mich nach ihm um. »Milo?« Seine im blassen Mondlicht glitzernde Silhouette schleicht vorsichtig an uns heran.

Yoda begrüßt ihn herzlich. »Komm, setz dich zu uns in den Kreis.«

Blume und Feline rücken auseinander, worauf er zwischen ihnen Platz nimmt. Somit sitzt er mir direkt gegenüber.

Dabei fällt mir auf, dass er keine gewöhnliche Hauskatze ist, sondern eine Europäische Kurzhaarkatze. Na ja, er hatte aber auch bis vor Kurzem nur wenige Haarbüschel auf seinem abgemagerten Körper. Jetzt sieht sein kurzes, dichtes Fell hervorragend aus. Sein Körper wirkt kräftig und muskulös. Er ist keineswegs mehr ein abgemagerter Weichling. Dennoch ist sein Körper kleiner als die seiner Rassekameraden. Vermutlich hat die schlechte Nahrung sein Wachstum gehemmt. Bestimmt! Hm, sind Europäische Kurzhaarkatzen nicht als besonders robuste Rasse bekannt?! Das ist auf jeden Fall ein gutes Omen für einen erfolgreichen Ausgang unseres Planes B.

Noch einmal lasse ich meinen Blick über seine Gestalt schweifen, als er mit Feline und Blume über seine neuen Zweibeiner spricht.

Er lobt sie über alle Maßen, und wenn ich mir seinen gesunden Körper so ansehe, stimmt jedes seiner Worte.

Dabei fallen mir seine runden, weit auseinanderstehenden Augen auf, die wie funkelnde Edelsteine leuchten. Die Farbe siedelt sich irgendwo zwischen Blumes goldenen und Felines kupferfarbenen Augen an. Sie ist für mich schwer zuzuordnen.

Unbewusst atme ich geräuschvoll tief durch, worauf mich fünf Paar Katzenaugen anstarren. Verlegen erwidere ich: »Äh, sollten wir nicht über Plan B sprechen?«

Alle nicken.

»Wie jede Nacht gehen Yoda, Maximus und ich auf Nachtwache. Von heute an wird uns Milo begleiten. Sobald der Katzenjäger mit etwas Verführerischem lockt, lässt sich Milo einfangen. Ich schleiche mich derweilen von der anderen Straßenseite an.« Ich sehe Milo tief in die Augen. »Du musst ihm richtig Ärger machen, sodass ich unbemerkt in das Heck des Wagens hüpfen kann.«

»Django, drück dich zwischen den Decken und der vorderen Sitzbank hinein«, weist mich Yoda an. »Dort solltest du im Schatten der Rückenlehne untergehen. Die Fenster standen jedes Mal offen. Lass uns hoffen, dass das so bleibt.«

Ich nicke.

Blumes Körper zittert. Offensichtlich kennt sie die sibirische Kälte ebenso wie ich. Sie stammelt: »Ich fürchte mich.«

»Schick die negativen Gedanken fort und hol dir positive heran.«

Blume wendet ihren goldschimmernden Blick von Yoda ab. Selbst sie findet seinen Vorschlag zu diesem Zeitpunkt mehr als unrealistisch.

»Ihr könnt Plan B nur durchziehen, wenn es eine warme Nacht ohne Regenschauer ist. Nur dann bleiben die Fenster offen«, ist sich Feline sicher.

Sie hat recht.

Yoda stimmt mit einem Nicken zu. »Wir können davon ausgehen, dass er Milo in einen der Käfige steckt. Sobald der Wagen stehen bleibt und er Milo holt, musst du, Django, raus. Falls er die Fenster am Parkplatz offen stehen lässt, kannst du in Ruhe abwarten. Wenn du trotzdem an ihm vorbeihuschen musst, wird er dich auf keinen Fall mit Leckerlis oder Katzenminze locken können.«

Ich nicke angespannt.

»Du bist bestens vorbereitet. Bedenke, dass du im Dunkeln viel besser siehst als der Katzenjäger. Das ist ein riesengroßer Vorteil.«

»Geht es deiner Pfote gut?«, klinkt sich mein wortkarger Bruder zum ersten Mal in das Gespräch ein.

»Natürlich, der ist es nie wirklich schlecht gegangen.«

»Willst du es wirklich tun? Du wirst Sofie und Tina Sorgen machen.«

Der unangenehme Druck meines kleinen Monsters nimmt unter der Last seiner Aussage lawinenartig zu und scheint meine Brust zu zersprengen. »Sobald Milo und ich weg sind, läufst du nach Hause und kuschelst dich zu Tina ins Bett.«

»Ich liege nie im Bett von Sofie oder Tina. Du weißt, dass ich das nicht mag.«

»In dieser Nacht machst du es eben! Tina wird sich freuen. Es lenkt sie von meiner Abwesenheit ab.«

Yoda nickt, anscheinend von mir beeindruckt. Trotz all der Zeit, die wir miteinander verbringen, bleibt er mir ein Rätsel. Er ist ein weiser, mitfühlender Held und doch will er, dass ich in den – wie er es nennt – Krieg ziehe und das, obwohl ihm die vermissten Katzen unbekannt sind. Ich habe keine Ahnung, was ich von ihm halten soll. Es ist mir jedoch egal, denn es zählt allein meine Entscheidung, die eindeutig für Plan B ist.

»Vor Ort können wir keine Regeln aufstellen, wenn uns die Lage unbekannt ist. Mein einziger Rat ist«, verkündet Yoda, »dass du mit aller Kraft dem Katzenjäger aus dem Weg gehst.«

»Klaro!«, bemerkt Feline mit ungewöhnlich stark wedelnden Ohren. »Er wird ihn bestimmt nicht anspringen?!«

»Genau das soll er tun, wenn ihm der Fluchtweg verschlossen bleibt. Er soll ihn mit ausgefahrenen Krallen anspringen, wenn möglich beißen und dann weg!«

Feline und ich nicken simultan.

»Ich wehre mich so lange, bis Django im Wagen ist«, meint Milo, den Blick auf Yoda gerichtet.

»Ja.«

»Darf ich mich danach befreien?«

»Auch wenn es dir möglich wäre: nein.«

Yoda erstaunt mich erneut mit seiner strategischen Kälte, wo er doch stets eine mitfühlende Wärme für alle Lebewesen auf diesem Planeten besitzt.

»Du musst den Katzenjäger um jeden Preis davon abhalten, Django zu entdecken. Ansonsten war alles umsonst.«

Eine Stille kehrt ein.

An diesem Abend bleibt der Kastenwagenfahrer unserem Dorf fern. Daher endet die Nachtwache ohne große Aufregung. Bevor Maximus unsere Zweibeiner lautstark aufweckt, blicke ich noch einmal zu meinem guten Freund, dem Mond, der sich bald von unserer Gegend verabschiedet. Es kommt mir so vor, als ob er mich aufmunternd anlächelt und mir mitteilt: »Ich beschütze dich!« Und wenn es nur meine Einbildung ist, sie tut mir gut.

Am nächsten Tag bleibe ich bis zum Nachmittag im Haus. Ich genieße die Gegenwart von Sofie und Tina. Ständig streiche ich an ihren Beinen entlang, hüpfe neben sie auf einen Stuhl oder die Couch und lasse mich von ihnen verwöhnen. Ich schnurre, was das Zeug hält. Es ist schön, bei ihnen zu sein.

Hoffentlich … äh … hoffentlich … mir stockt das Schnurren … wo ist denn ein imaginäres Boot, wenn man es braucht? Ich erfinde blitzschnell eines und schicke die ängstlichen Gedanken den reißenden Fluss hinunter. Dann drücke ich mich fest in ein Kissen, das hinter mir auf der Couch liegt. Doch meine innere Uhr will keine Ruhe geben. Ich muss zur Eiche, wo die anderen auf mich warten.

Im Garten vernehme ich das mir nun vertraute Mimi-Geräusch und wundere mich, wie Yoda das Kätzchen mit ihren Jungen nach Hause bringen konnte. Er ist ein komischer, dennoch selbstloser Kater-Typ! Gleichzeitig bemerke ich, dass an diesem Tag das Gras noch verführerischer riecht als sonst. Die Kräuter, der Klee und die Blumen duften wie das süßeste Geschenk der Natur. Ich schnüffle mich durch ihre Vielfalt und die Gerüche der anderen tierischen Eindringlinge. Allesamt kann ich sie leiden.

Nach einem Sprung über den Zaun laufe ich über die frisch duftende Wiese des Bauern. Sanft streichen die zentimeterhohen Grashalme über meine Schnurrhaare. An der Eiche angekommen, begrüßen mich Feline, Blume, Maximus, Yoda und Milo mit überschwänglichen Worten. Ich spüre förmlich ihre Angst, mich, ihren Freund, zu verlieren.

Als Erstes zählen wir unsere bereits durchkämmten Suchgebiete auf, wobei wir feststellen müssen, dass wir alle möglichen in einem sinnvollen Radius abdecken. Sinnvoll bedeutet, dass wir einen Radius von ungefähr 40 Kilometern in Betracht ziehen.

Somit haben wir Plan A vollkommen ausgeschöpft. Nun steht ausschließlich Plan B im offenen Raum der schützenden Eiche. Eine enttäuschte Wut steigt in mir auf. Mit angespannten Muskeln drücke ich sie von mir fort.

»Sofern das Wetter trocken bleibt, gehen wir heute alle zusammen auf Nachtwache. Wenn der Katzenjäger kommt, setzen wir Plan B um.« Yoda spricht die Worte vorsichtig aus. Er blickt in die Runde.

»So ist es«, antworte ich entschlossen, um mich selbst davon zu überzeugen.

»Und jetzt wollen wir noch einmal richtig Spaß haben!«, verkündet Yoda mit seitlich ausgestreckten Schnurrhaaren, die seinen ungeduldigen Spieltrieb widerspiegeln.

Wir folgen ihm mit einer ebensolchen Portion Vorfreude auf den tollen Parcours, wenn uns auch eine schwermütige Aura umgibt. Jeder scheint tief in seinen Gedanken versunken zu sein. Blume wirkt ängstlich. Ihr Kopf neigt sich nach unten, wobei ihre Schnurrhaare fest angelegt sind. Vorsichtig tappt sie neben Feline hinter Yoda her. Feline ist hauptsächlich verärgert, weil sie Plan B entschieden ablehnt. Maximus dagegen ist überaus angespannt. Seine Bewegungen wirken steif und unnatürlich. Da dreht er sich abrupt zu mir um und meint: »Warum du und nicht ich? Du kuschelst doch viel lieber mit unseren Zweibeinern. Und überhaupt, ich kann Türen öffnen.«

Yoda dreht sich nach uns um. »Du hast schon im Einödhof genügend mitgemacht.«

»Aber erfolgreich, oder? Das ist ein Zeichen, dass ich mit Milo gehen sollte?«

»Django ist bestens vorbereitet.«

»Yoda, du weißt, dass mein Geist stärker ist als der seine. Ich erkenne dich mit tiefer Ehrfurcht als meinen Lehrer an. Dadurch spüre ich deine weisen Worte im Herzen.«

Wo, bitte, ist mein Bruder?! Seine Wortwahl ist mir mehr als fremd.

»Ich bin geistig und körperlich ein guter Krieger.«

Yoda lacht, was Maximus offensichtlich verwirrt. »Du bist der beste Krieger, den ich kenne. Doch dein lernendes Herz verwehrt dir die Gewalt. Du hättest den Jungen in der Scheune beißen können. Ihm eine richtig schöne Wunde verpassen. Aber du hast dich für das Gegenteil entschieden, obwohl dein Leben in Gefahr schwebte.«

Feline, Blume und mir bleibt vor Erstaunen die Schnauze offen stehen. Die sanfte Brise der Nacht zieht sogleich mit einer erfrischenden Essenz durch mein Maul.

»Django wird seine Feinde bis aufs Blut bekämpfen.«

Nun stockt uns allen der Atem. Eigentlich bin ich der Sanftmütige, Friedliche von uns beiden. Dennoch, es stimmt, Maximus hat schon lange keine Katzen mehr blutig geschlagen. Kann es wirklich wahr sein: Maximus blieb in Gefangenschaft, nur weil er den Jungen schonen wollte? Dazu fällt mir nichts mehr ein!

»Was hättest du an meiner Stelle getan, Yoda?«, fragt Maximus.

Maximus ist ein anderer Maximus. Doch er ist immer noch mein Bruder.

»Ich wäre vor dem gleichen Dilemma gestanden wie du«, gibt Yoda zu.

»Was ist daran weise, bitte?!«, stößt Feline kopfschüttelnd hervor.

»Aber« – Yoda grinst – »ich hätte ihn gebissen, um mich zu befreien.« Eine atemlose Stille übermannt uns für einen langen Moment. »Du allein bist dir der Nächste. Nur wenn es dir gut geht, kannst du anderen helfen. Es bringt weder dir noch einer anderen Katze etwas, wenn du dich nicht mit allen Mitteln gegen eine Gefahr wehrst.«

»Ich verstehe«, knickt Maximus sichtlich ein. Doch dann meint er: »Mit diesem Wissen kann ich Django kampfessicher vertreten.«

Yoda schüttelt den Kopf. »Django ist der Richtige für diese Aufgabe, glaub es mir.«

Maximus senkt traurig seinen Blick. Er nähert sich mir. Er schnüffelt an meiner Stirn, stupst mich mit seiner Nase an und schleckt einmal darüber. Mein Herz schlägt einen Schlag nur für meinen Bruder.

Danach spazieren wir zum Parcours, den wir alle ohne anstrengendes Gedankenkino genießen. Wir spielen wie kleine Kätzchen, die ohne Erfahrung naiv das Leben in Angriff nehmen. Es ist toll. Die Stoffmäuse fliegen nur so durch die Luft. Wir schärfen unsere Krallen, klettern, balancieren, hüpfen, kämpfen, schleichen, kriechen, schlüpfen und kichern. Es macht Spaß, ein Kater zu sein.

Doch dann erinnert uns der hell leuchtende Mond, dass es Zeit für die Nachtwache ist.

In Zweierreihen laufen wir zum Ortskern, um dort die Lage zu überblicken. Yoda ist direkt neben mir. Uns folgen Maximus und Feline. Dahinter sind Blume und Milo. Die frische Nachtbrise ist unsere ständige Begleiterin. Sie kühlt meinen vor Aufregung hitzigen Körper.

Auf der zentimeterhohen Wiese direkt gegenüber der Kirche schnüffeln wir uns durch gute wie unangenehme Düfte. Kein Geruch erinnert uns an unsere vermissten Freunde.

Kurz darauf laufen wir durch den Friedhof. Wir, na ja, Yoda befragt ein paar fremde Katzen zu unseren Freunden, aber keiner will sie gesehen haben. Danach geht es weiter von Straße zu Straße hin zur Baustelle. Dort steht der Kastenwagen. Mir stockt der Atem. Heute ist es so weit!

Maximus, Feline und Blume schleichen unauffällig hinter einen Holzhaufen. Yoda, Milo und ich verstecken uns hinter dem bekannten Steinhaufen. Die Fahrertür steht derweilen offen. Der Katzenjäger sitzt im Auto. Er ist mit dem Stressbalken beschäftigt. Da flüstert Blume: »Django, ich hab dich lieb!«

»Ich dich auch, Django«, murmelt Feline fast lautlos.

»Und ich euch, meine Freunde!« Das tue ich tatsächlich, zumindest fühlt es sich gerade derartig an.

Der Fahrer steigt aus. Seine Kapuze hängt ihm weit ins Gesicht. Hm, das macht er doch nur, dass ihn kein anderer Zweibeiner erkennt? Ergo, er ist aus der Gegend, ansonsten macht es keinen Sinn.

Ich flüstere Yoda die weitere Bestätigung unserer Erkenntnis ins Ohr und bitte ihn, es Feline auszurichten. Er nickt zustimmend.

Der Katzenjäger blickt um sich, während er auf die Hecktüren zugeht. Die Fenster sind offen, was eine Erleichterung in mir auslöst.

»Seid ihr bereit?«, fragt Yoda.

Milo und ich nicken simultan. Unsere Augen verfolgen jeden Schritt des Katzenjägers in konzentrierter Anspannung. Er kramt in einem Schubfach herum. Bald holt er etwas heraus, um uns Katzen zu locken. Ich muss auf die andere Straßenseite. Ich nicke Yoda zu. Seine saphirblauen Augen berühren mich durchdringend wohlwollend. Daraufhin schleiche ich von der Baustelle zum Nachbarsgarten. Dort kann ich unter dem Holzzaun hindurchkriechen. Auf dem englischen Rasen renne ich in Richtung Straße, die ich im Schatten des Hauses überquere. Danach laufe ich einen drahtigen Zaun mit eingewachsener Hecke entlang, bis ich auf der anderen Straßenseite direkt gegenüber vom Wagen lande. Dort warte ich.

Der betörende Duft von Katzenminze strömt in meine Nase. Dieses Gewächs ist einzigartig. Dennoch muss ich meinen leidenschaftlichen Drang, darin einzutauchen, zähmen. Ich spüre förmlich, wie ich mein Gesicht an den Blättern der verführerischen

Pflanze reibe, daran lecke und sie unter meiner Last zerdrücke. Mm!!! Doch noch in der gefühlten Ekstase stehen mir die Haare zu Berge. Meine Schnurrhaare sind völlig in Alarmbereitschaft.

Milo läuft auf die Schüssel zu.

»Bist du nicht der Milo?«, fragt der Mann.

Er kennt Milo?! Die Stimme, ja, die Stimme … oh, nein … es ist unser Tierarzt! Ich verabscheue ihn mit all seinen Spritzen und Schneidewerkzeugen. Katzenhimmel, hilf mir! Unser Tierarzt ist noch viel furchterregender, als es die gruselige Gestalt des vermummten Katzenjägers jemals hätte sein können. Mein Körper zittert schlagartig in Panik. Der lähmende Einfluss meines inneren Monsters macht sich deutlich bemerkbar. Mist!

Und überhaupt, warum entführt ein Tierarzt Katzen?! Mir wird übel. Ich schicke die angstvollen Gedanken rund um diesen fürchterlichen Mann den Fluss abwärts. Mein Körper lässt sich jedoch keineswegs davon beeindrucken. Er zittert in gefühlter sibirischer Kälte weiter.

Mist! Milo ist in seiner Gewalt. Er wehrt sich. Ich muss los.

Ich nehme alle mir zur Verfügung stehenden Kräfte zusammen, jage auf das Heck zu und springe auf die Ladefläche. Der dumpfe Aufschlag geht im heulenden Jaulen von Milo unter. Er macht seine Sache gut.

Einmal im Wagen, übermannen mich mannigfache Tiergerüche. Igitt! Darunter sind stark riechende chemische Substanzen. Es ist ekelhaft. So gut es geht, tapse ich über dreckige Plastikbehälter, leere Ampullen und benutzte Spritzen in den hinteren Raum, direkt auf die Decken zu. Dort schlüpfe ich unter einen kleinen Spalt des Fahrervordersitzes. Die Decken schmiegen sich sanft an meinen Körper. Ich ziehe meinen Kopf ein, wobei sich die oberste Decke wie von Geisterhand über mich legt. Sie schenkt mir, Katzenhimmel sei Dank, Schutz. Trotzdem schlägt mein Herz wie verrückt. Ich atme tief durch, um es zu beruhigen.

»Jetzt habe ich dich!«, hallt die Stimme des Tierarztes feindlich im Laderaum. Gleich darauf höre ich Eisenstäbchen auf Plastik fallen. Der Katzenjäger steckt Milo wie vermutet in einen Käfig. Milo lässt es wohl ohne Murren mit sich machen. Er hält sein Wort.

Die Hecktüren schließen wie ein Donnerschlag. Ein paar Schritte auf dem Teerbelag später setzt der Tierarzt sich ins Fahrerhaus. Sein Sitz drückt sich nach unten, worauf ein gewaltiger Druck auf meinem eingerollten Rücken lastet. Ich versuche tief einzuatmen. Meine Lunge brennt auf Anhieb. Katzenärger! Das Risiko, mich zu bewegen, ist zu groß.

Der Motor springt an, worauf sich das Radio einschaltet. Klassische Musik erfüllt den Raum. Sofie hört manchmal Beethoven, deshalb kenne ich das Stück. Ich versuche mich der Musik und meiner Erinnerung hinzugeben, als sich der Wagen in Bewegung setzt. Es rüttelt mich durch, was in dem beengten

Raum unterm Sitz schmerzhaft ist. Daraufhin fahren wir über Kurven und Anhöhen in eine unbestimmte Richtung. Ich habe keinerlei Orientierung. Doch mit der angenehmen Musik im Ohr kann ich trotz Atemnot mein wild schlagendes Herz ein wenig beruhigen.

Milo maunzt.

»Milo, ich brauche euch Katzen, um mich dem Glück hinzugeben. Ist nichts Persönliches«, erwidert der Tierarzt mit bedrohlicher Stimme.

Was redet der da? Der hat ja nicht alle Tassen im Schrank. *Nichts Persönliches?!* Ich nehme das sehr persönlich, wenn Katzen aus meiner Umgebung entführt werden!

Je länger wir fahren, desto dringender muss ich aus meiner beengten Situation. Mir schmerzt zunehmend die Lunge, im Kopf wird mir eigenartig zumute. Gleichzeitig nimmt der Verkehrslärm zu. Wahrscheinlich sind wir in einer Stadt. Dabei verliere ich das Zeitgefühl. Wir könnten bereits Stunden unterwegs sein, als der Wagen endlich anhält. Der Katzenjäger steigt aus.

Puh! Ich atme tief durch, als seine Schritte außerhalb des Wagens als Echo durch den Raum ziehen. Wo sind wir? Er öffnet die Hecktüren. Ich wage einen Blick über den Rand der Decke und sehe, wie der Katzenjäger Milos Käfig von der Ladefläche nimmt. Seine Kapuze ist runtergerutscht. Sein mageres Gesicht wirkt scheußlich grau im Lichteinfall der Lampen. Aschblonde Locken fallen auf seine feuchte Stirn. Seine braunen, eng beieinanderliegenden Augen blicken feindlich auf Milo herab. Er ist eine hässliche Person, bestimmt auch nach menschlichen Maßstäben.

Milo verabschiedet sich von mir mit einem freundlichen Miau, unwissend, was jetzt mit ihm passiert. Es zerreißt mir das Herz.

Der Katzenjäger schließt die Türen, wobei die Fenster offen bleiben. Katzenhimmel sei Dank!

Seine Schritte entfernen sich zunehmend. Dann fällt eine dicke Stahltür in den Rahmen. Das Echo wird von Mal zu Mal leiser. Kein Schritt ist mehr zu hören.

Ich schlüpfe aus meinem Versteck. Ein Schwindel übermannt mich. Ich atme tief durch. Als meine Beine ihr natürliches Gefühl zurückerhalten, tapse ich über all das Gerümpel auf das Heck zu. Dort versuche ich eine feste Unterlage zu finden, um mich sicher mit den Hinterbeinen abstoßen zu können. Vor dem Kasten mit den Schubfächern ist es mir unmöglich. Doch der fehlende Käfig gibt mir genug Platz, um hinauszuspringen.

Einmal durch das Fenster, falle ich weit auf den Boden hinunter. Wie gut, dass wir Katzen immer auf unseren Pfoten landen. Gleich darauf versuche ich mich zu orientieren. Überall stehen geparkte Autos. Benzin- und Öldüfte sind in allen Variationen vorhanden. Es muss ein Parkhaus sein. Ich scanne Blick für Blick meine Umgebung. Dabei entdecke ich eine Auffahrt, die direkt auf eine befahrene Straße führt. Auf der gegenüberliegenden Seite sehe ich eine graue

Stahltür, die verschlossen im Rahmen liegt. Ich laufe darauf zu, um dort meinen Duft abzulegen. Nur für alle Fälle, wenn ich sie wiedererkennen muss.

Danach laufe ich auf die Ausfahrt zu, als neben mir, wie aus dem Nichts, ein Auto auftaucht. Ich überprüfe blitzschnell meine Fluchtmöglichkeiten. Katzenärger! Ich drücke mich an die Betonwand der Ausfahrt, während es eng an mir vorbeifährt. Das Auto verlässt das Parkhaus. Ich sprinte hinterher. Auf dem Gehweg stockt mir der Atem. Unzählbar viele Autos fahren in zwei entgegengesetzte Richtungen eine Straße entlang. Der durchdringende Verkehrslärm ist unerträglich laut. Abgase ziehen scharf durch meine Nase. Ich bin halt ein Naturbursche.

Jetzt brauche ich einen Plan C. Ich blicke zum Himmel und sehe den Mond. Er schenkt mir in dieser fremden Gegend das Gefühl der Vertrautheit. Egal, wo ich auf der Erde bin, der Mond bleibt mein beschützender Freund. Die Sterne jedoch scheinen in der Stadt zu verblassen. Nur wenige kann ich mit meinen scharfen Augen klar erkennen.

»Mond, was soll ich tun?«

Natürlich erhalte ich keine Antwort. Da versprühe ich erst einmal meinen Duft auf dem Gehweg vor der Parkgarage. Das Haus daneben ist mir völlig unbekannt. Große Fenster liegen zwischen braungrauen Fassaden. Die neongelben Lichter hinter den schmutzigen Gläsern wirken kalt und unpersönlich. Ob hier meine vermissten Freunde sind? Wie soll ich das herausfinden?

Jetzt muss ich handeln. Was soll ich tun? Soll ich den Weg nach Hause laufen? Ich vernehme hier in der Fremde tatsächlich ein inneres Navigationsgespür. Ob es mich tatsächlich heimbringt, liegt jedoch außerhalb meiner Erkenntnis. Und auch wenn es das tut, was dann? Feline hat recht, wie sollen wir unsere Zweibeiner auf das neben mir liegende Haus in einer fremden Stadt aufmerksam machen?

Nein, ich muss hier vor Ort jemanden erreichen. Ich kann ja übel riechende von gut riechenden Zweibeinern unterscheiden. Das ist mein Plan C: Ich mache auf mich aufmerksam, sodass mich ein netter Zweibeiner entdeckt. Er ruft bestimmt die Polizei, weil ich ja ein Ausreißer bin. Doch der erste Zweibeiner, dem ich auf dem Gehweg vor die Beine laufe, scheucht mich unsanft mit seinem Fuß davon. Auch die nächsten Fußgänger freuen sich ganz und gar nicht, mich zu sehen. Ganz im Gegenteil verhalten sie sich, als ob ich eine ansteckende Krankheit hätte.

Angespannt blicke ich um mich und entdecke auf der gegenüberliegenden Straßenseite einen Platz, an dem sich einige Menschen vor Holzhütten tummeln. Sie unterhalten sich, trinken, was auch immer, aus Flaschen oder roten Plastikbechern und manche genießen Futter auf Papiertellern. Oder ist es eine Mahlzeit? Wie man es halt in Menschenkreisen so nennt.

Der Duft von Bratwürsten steigt in meine Nase. Mm. Jetzt bin ich zum ersten Mal froh, die Übungen von Schritt 2 der Kriegskunst der Katzen absolviert zu haben. Das verhindert, dass ich, von meinen Trieben ferngesteuert, dem verführerischen Duft von Wurst entgegenlaufe. Der Weg führt über eine stark befahrene Straße. Es könnte mich das Leben oder meine Gesundheit kosten, wobei mir Feline in den Sinn kommt.

Trotzdem muss ich auf die andere Seite. Ich setze mich an den Rand und beobachte den Verkehr.

»Ja, wer bist du? Willst du über die Straße, Katze?«, erklingt eine schrille Stimme hinter mir. Ich drehe mich um und sehe ein altes, vornehm gekleidetes Ehepaar, das auf mich zukommt. Sie reden tatsächlich mit mir. Ich miaue und streiche über ihre Unterschenkel. Da hebt mich die Frau in die Höhe.

»Du bist aber eine schöne Katze. Sieh nur, Rupert, wie schön weich das Fell ist.«

Auch wenn ich mich über die Komplimente freue, will ich, dass sie sofort die Polizei rufen. Ich miaue lautstark, ohne mich aus ihrem Griff zu befreien. Ich lasse es still über mich ergehen und das, obwohl ihr Parfüm für meinen Geschmack zu süß riecht. Es hüllt ihren Körper in eine Wolke aus Zuckerwatte ein.

Der ältere Herr im schwarzen Anzug drückt auf einen gelben Knopf eines Pfeilers. Sekunden später gehen sie mit mir über die Straße. Ich miaue, was das Zeug hält. Dabei bewege ich mich unruhig in ihren Armen.

»Was ist denn?«, fragt die Frau und sieht mich dabei verwirrt an.

»Holt die Polizei!«

Sie verstehen natürlich kein Wort.

»Sollen wir die Katze auf dem Weg nach Hause ins Tierheim bringen?«

Schlagartig stellen sich meine Nackenhaare auf. Tierheim?! Meine Gedanken spielen verrückt. Im Tierheim finden mich Sofie und Tina nie wieder! Mir wird übel. Ich zapple und strample, so gut ich kann. Die Frau kann mich nicht mehr halten. Ich falle auf meine Pfoten und weg bin ich.

Ich galoppiere, so schnell ich kann, über Papierteller, Plastikbecher, Strohhalme und Essensreste hinweg auf eine Holzhütte zu, die im Gegensatz zu den anderen Verkaufsständen Holzfiguren in der Auslage anbietet. Im Schutz der Nacht versuche ich hinter dem Stand meinen rasenden Puls zu beruhigen. Mein Herz erhält meine ganze Aufmerksamkeit. Die Stimmen der unzählbar vielen Leute ziehen derweilen an mir vorbei.

Mir fällt auf, dass mir die Düfte von frischem Fisch und Wurst unwichtig sind. Ist es die Anspannung, in der ich stecke, oder sind es Yodas Lehren? Wer weiß das schon.

Meine Gedanken beginnen sich im Kreis zu drehen. Fragen über Fragen schießen mir durch den Kopf. Was, wenn mich ein anderer Zweibeiner fängt und ins Tierheim bringt? Mir wird übel. Doch dann sehe ich klar und deutlich die anmutige Gestalt von Kira in meinem Geist. Ihre zauberhaften Augen strahlen mich an. Ich atme tief durch. Ich muss es versuchen. Kira ist es wert.

Ich nehme allen Mut zusammen, pumpe Tapferkeit in meine Adern und schleiche an der Holzhütte entlang auf die Menge zu. Dabei muss ich vielen menschlichen Beinen ausweichen.

Da packt mich wie aus dem Nichts ein Mann mittleren Alters und zieht mich unsanft in die Höhe. Ein feindseliges Gelächter durchzieht mein Gehör. Ich spüre das Unheil, das von ihm und seinen Freunden ausgeht. Ihre Blicke offenbaren mir ihre wahre Natur, die von einer unverhohlenen Freude an meinem Leid angestachelt wird. Der penetrante Geruch von Alkohol strömt auf mich ein. Ich empfinde eine extreme Abneigung ihnen gegenüber. Ich will nicht, dass dieser Mann mich berührt, und wehre mich mit aller Kraft dagegen. Mit meinen Krallen trete ich gegen seinen Oberkörper, bis sie sein dünnes T-Shirt durchbrechen. Sie bohren sich in sein Fleisch.

»Aua, du Scheißvieh!«

Er lässt mich fallen. Ihr selbstgefälliges Gelächter verfolgt mich auf dem Weg durch die Menschenmassen. Zumindest sind es für mich mehr, als ich gewohnt bin. Die Panik überfällt mich. Ziellos irre ich durch das Getümmel. Es kommt mir so vor, als ob es immer mehr menschliche Beine werden. Außerdem verstärkt sich die Geräuschkulisse der durcheinandersprechenden Stimmen. Meine Sinne spielen verrückt, meine Augen stehen angesichts der Bedrohung weit offen. Was jetzt? Wo ist Yoda, der mir eine Antwort gibt? Selbst eine undurchsichtige würde mich in diesem Moment in Verzückung versetzen.

Nach einem Zickzack-Rennen durch menschliche Slalomstangen erreiche ich einen freien Fußweg, der zwischen einigen Ständen und Läden liegt. Ich laufe in den Schatten eines Eingangs, atme tief durch und drücke mich an die schützende Hauswand. Mein Körper zuckt bei jedem Atemzug. Ich keuche. Meine Hoffnung liegt am Boden einer Gegend, die von Müll und Dreck heimgesucht wird. Sogar die Ratten vergnügen sich ohne Schwierigkeiten hinter ein paar Ständen. Wo bin ich hier nur gelandet?

Ein Blick zum Himmel zeigt mir den Mond, der sommerlich tief am Himmel steht. Es muss um Mitternacht sein. Soll ich nach Hause laufen? Es zumindest versuchen? Meine Gedanken und mein schlechtes Gewissen Milo gegenüber plagen meinen von Adrenalin gebeutelten Körper. Ich fühle mich schwach, als mich ein tiefes Knurren aufschreckt.

Nein! Auch das noch! Mir bleibt nichts erspart. Vor mir steht ein wutschäumender Bombay-Kater, der für seine Rasse ziemlich groß ist. Seine tiefschwarze Erscheinung erinnert mich an einen Mini-Panther. So einer ist keineswegs zu unterschätzen. Nennt man Bombay-Katzen nicht auch Hundkatzen?! Oh, nein, hoffentlich hat das nichts mit ihrer Kampfkunst zu tun!

Seine in Kupfer getränkten Augen starren mich hasserfüllt an. Er springt auf mich zu. Ich suche nach einem Fluchtweg, erkenne jedoch, dass er mich einkeilt. Mir bleibt nur der Kampf. Mit gesträubtem Fell fletsche ich die Zähne. Meine grünen Augen funkeln ihn ebenso feindselig an. Er faucht und springt direkt vor mir auf den Boden. Ein Prankenhieb folgt. Er trifft mich am Kopf. Ich schlage zurück und treffe ihn am Rücken. Haare fliegen unter der fauchenden Melodie unserer Stimmen. Ein weiterer Schlag trifft mich am Ohr und noch einer am Bauch und noch einer und noch einer … Ich wirble herum, als er wie aus dem Nichts davonläuft.

Kurzatmig blicke ich ihm hinterher. Seine schwarze Silhouette verschwindet kurz darauf im Schatten der Häuser. Was ist los? Da vernehme ich die Stimme eines Mädchens. Ich blinzle in ihre Richtung und sehe, wie sie direkt auf mich zuläuft.

»Laura, bleib hier!«, ruft eine junge, braunhaarige Frau mittleren Alters.

Laura lässt sich jedoch nicht davon abbringen und steuert weiter auf mich zu. Ich schnurre. Sie kniet sich neben mich. Ihr guter Duft hüllt mich überaus sanft ein, als ihre kleinen Finger über meinen Rücken streichen.

»Schau nur, Mama, er blutet.«

Jetzt bemerke ich es auch. Blut läuft über mein Gesicht. Mein von Adrenalin durchfluteter Körper kennt jedoch keine Schmerzen. Ich habe keine Ahnung, wie schwer ich verletzt bin. Im Moment bin ich einfach nur froh, dass die freundliche Laura bei mir ist.

»Er schnurrt, Mama.«

Das ist wohl das Zeichen für Lauras Mutter, sich mir zu nähern. Sie begutachtet mich genau.

»Du hast recht, er ist verletzt. Sollen wir ihn zur Tierklinik gegenüber bringen?«

Nein!

Lauras Mutter nimmt ein Taschentuch in die Hand und streift es vorsichtig über meinen Kopf.

»Es ist nicht schlimm, Laura. Nur ein großer Kratzer auf der Stirn.«

Katzenhimmel sei Dank.

»Schau, Mama, er hat die gleiche Nummer im Ohr wie unser Felix.«

Sie haben einen Kater! Die Nummer hat mir der schreckliche Tierarzt verpasst. Vielleicht war dies im Nachhinein eine seiner guten Taten.

»Jede Katze hat eine eigene Nummer, die sie identifiziert. Mit ihr kann man herausfinden, wo eine Katze hingehört. Bei dem Fell ist sie bestimmt keine Streunerin.«

Ich bin keine Sie.

Laura hebt mich hoch. Sanft schmiege ich mich an ihren Körper, als ihr langes, rotes Haar über meine Pfoten rutscht. Ihr Herz klopft in Aufregung wild in ihrer Brust. Ihre grünen Augen sind liebevoll auf mich gerichtet. Ich verspüre eine unheimliche Zuneigung ihr gegenüber und lasse innerlich los.

Nur Sekunden später schmerzen meine Glieder. Dazu brennen meine Stirn und mein Bauch wie Feuer. Ich bin ausgelaugt, emotional entkräftet und kaputt.

Auf dem Weg durch die Menschenmassen fragt Laura: »Wie kriegen wir heraus, wo sein Frauchen wohnt?«

»In der Tierklinik wissen sie bestimmt, wo sie das herausfinden können.«

Ich bin zu erschöpft, um mich darüber aufzuregen.

»Nein, Mama, ich lasse ihn nicht allein in der Klinik.«

Sie ist ein Schatz!

Doch ihre Mutter seufzt. »Laura, Felix würde durchdrehen, wenn wir ihn mit nach Hause bringen.«

Ich bin ganz brav.

»Ich lasse ihn auf keinen Fall allein. Sie sollen uns die Nummer von seinem Frauchen geben. Du rufst an. Bitte, Mama.«

»Jetzt? Eigentlich müsstest du schon lange im Bett sein.«

»Morgen ist keine Schule. Das Leben einer Katze ist wichtiger als mein Schlaf«, antwortet sie selbstbewusst und für ihr junges Alter ziemlich reif. Sie kann höchstens acht Jahre alt sein.

Zu meinem Erschrecken überqueren wir die mir bekannte Straße. Dabei drücke ich meine Stirn, so gut es geht, an ihre Brust. Ihr rosa Kleid färbt sich blutrot ein.

»Ich passe auf dich auf«, flüstert sie mir ins Ohr.

Im Moment wäre es mir sogar egal, wenn ich für immer bei ihr bleiben müsste. Obwohl ich Sofie und Tina jetzt schon furchtbar vermisse. Das Monster in meiner Brust zieht sich schmerzvoll zusammen.

Hinter den Fenstern des kahlen, hässlichen Gebäudes brennen nur noch wenige Neonlichter. Trotzdem nähern wir uns dem Eingang. Mit halb geöffneten Augen beobachte ich Lauras Mutter, die in einer Dreierreihe von vielen schwarzen, runden Knöpfen einen von den oberen drückt. Eine unnatürlich metallisch klingende Stimme folgt: »Tierärztliche Klinik am Marienhof, guten Abend.«

»Guten Abend. Könnten wir bitte kurz nach oben kommen? Wir haben hier einen Notfall.«

»Sie haben Glück. Der Arzt ist noch hier. Kommen Sie in den zweiten Stock.«

Die Tür vibriert, worauf Lauras Mutter sie öffnet. Wir erhalten den Vortritt und gehen mehrere Stufen hinauf. Kurz darauf stehen wir an der hellblauen Rezeption der Tierklinik. Eine übergewichtige Frau mit grünem Kittel führt uns in einen weißen Raum ohne Fenster. Das flackernde, grelle Neonlicht brennt in meinen Augen. Ich schließe sie, als ich tief in Lauras Schoß versinke. Sie krault meinen Rücken. Ich schnurre. Ich bin entspannt. Mein Bewusstseinszustand ist jedoch fraglich. Er gleicht einer Trance, als ob die Geschehnisse weit von mir entfernt passieren würden und ich sie lediglich hinter einem Schleier beobachtete.

Wir werden aufgerufen und eilen in einen Behandlungsraum, wo ein großer Mann mit dickem Bauch meine Wunde verarztet, allerdings unter den prüfenden Augen von Laura. Sie weicht keinen Schritt von mir, auch nicht, als er mir eine Spritze verpasst.

Ich bin zu erschöpft, um mich zu wehren, und zucke beim Einstich teilnahmslos. Danach sinke ich erneut in Lauras beschützende Arme.

Der Arzt schickt uns zurück in den Warteraum. Es dauert jedoch nicht lange, bis die Frau im grünen Kittel mit einem breiten Lächeln ins Zimmer tritt.

»Der süße Tiger gehört einer Kinderärztin namens Sofie Maurer.«

»Ich kenne sie«, erwidert Lauras Mutter mit weit aufgerissenen Augen. »Sie behandelte meine Nichte.«

»Wir haben ihre Adresse. Wollen Sie Frau Maurer anrufen oder ihr den Kater selbst vorbeibringen? Sie wohnt ungefähr 50 Kilometer weit weg von hier.«

Lauras Mutter überlegt angestrengt. »Es ist spät. Was würden Sie tun?«

»Ich rufe Frau Maurer an.«

»Danke.«

Ohne ein verlässliches Zeitgefühl habe ich keine Ahnung, wie lange es dauert, bis Sofie und Tina wie zwei Engel in das Wartezimmer hereinschneien. Sofie begrüßt Lauras Mutter, während Tina sich vor Laura kniet und mich streichelt. Ihre Augen sind vom Weinen geschwollen.

Laura gibt mich nur schweren Herzens her. Ich drücke mich dankend an ihre Brust, bevor ich mich voll und ganz in Tinas Hände begebe.

»Er mag dich«, meint Tina und Laura grinst übers ganze Gesicht.

»Wenn Sie einmal in unsere Richtung kommen, schauen Sie doch bei uns vorbei«, bemerkt Sofie.

Lauras Mutter nickt. »Sehr gerne. Laura freut sich bestimmt, euren Tiger wiederzusehen.«

»Oh ja, Mama!«, ruft Laura begeistert.

Sofie übergibt Lauras Mutter eine Visitenkarte. »Hier ist meine Adresse und Telefonnummer. Wir, und wie es aussieht auch Django, freuen uns darauf.«

Laura wiederholt liebevoll: »Django«. Sie streicht mir noch einmal über den Rücken, bevor wir in den Gang hinaus zum Ausgang gehen.

Da wittere ich auf einen Schlag Kiras, Milos und Chicos Duft. Ich maunze. Doch die Spritze macht mich zu all dem körperlichen Stress auch noch müde.

»Er will bei dir bleiben«, erklärt Tina dem kleinen Mädchen meine verzweifelten Rufe. Es ist zum Haareausreißen! Zweibeiner verstehen keine Katzensprache.

Ich zapple, hüpfe mit letzter Kraft auf den Boden und folge so schnell wie möglich den Spuren zu einer weißen Tür mit rotem Schild. Dort wedle ich mit meinem nach oben gerichteten Schwanz wie ein Hund, der in Aufregung seine Freude über etwas zum Ausdruck bringt. Vielleicht verstehen sie dieses Signal besser als meine katzenüblichen. Dazu maunze ich, was das Zeug hält.

Oh, Katzenhimmel! Ich höre ein Durcheinander an Katzenlauten. Darunter vernehme ich Kiras, Chicos, Milos und Leons Stimme. Sie sind da! Sie leben! Sie sind in diesem Zimmer. Hört ihr sie nicht?!

»Was ist in diesem Zimmer?«, fragt Sofie die übergewichtige Frau, die heraneilt.

Mit einem auf mich gerichteten Blick erklärt sie: »Dort sind die Tiere, die nach einer Operation einen längeren Klinikaufenthalt brauchen.«

Sie lügt! Mit aller Kraft springe ich mit ausgestreckten Vorderpfoten auf die Klinke. Sie bewegt sich nach unten, doch die Tür bleibt regungslos. Der Aufprall zurück am Boden tut höllisch weh. Egal! Ich maunze, nein, ich schreie! Gleichzeitig rufen Kira und Chico meinen Namen. Ich fahre meine Krallen aus und kratze an der Tür. Schwarze Striche säumen das Weiß.

Kein Zweibeiner reagiert. Sie starren mich an. Verzweifelt stoße ich meinen Kopf gegen das zwischen meinen Freunden und mir stehende Monstrum. Doch die Tür bewegt sich keinen Millimeter. Wut schäumt in mir hoch und ich drehe mich wie wild im Kreis.

»Django«, will mich Tina beruhigen.

Ich bleibe abrupt stehen und blicke sie auffordernd an.

Sie beugt sich zu mir, als ich ihrem Griff gerade noch entkomme. Ich drücke mich wie Yoda gegen die Tür, springe in die Höhe und schreie, was das Zeug hält.

Doch Sofie und Tina bleiben ahnungslos. Da erhöht sich der Geräuschpegel hinter der Tür und ich gebe noch einmal alles, was mein gebeutelter Körper hergibt.

»Bitte beruhigen Sie ihren Kater!«, fordert die fremde Frau. »Die Tiere brauchen ihre Ruhe.«

Ich fauche sie knurrend an.

»Django!«, ruft Tina entsetzt. Sie packt mich blitzschnell und hievt mich hoch auf ihren Arm. »Was ist denn mit dir los?«

Die fremde Frau befördert uns geschwind nach draußen. Selbst dem Dümmsten müsste auffallen, dass da etwas im Argen liegt. Ich maunze und wehre mich in Tinas Armen. Ich zapple mit ausgefahrenen Krallen. Es hilft alles nichts.

Minuten später betreten wir das hell beleuchtete Parkhaus. Der grüne Kastenwagen ist weg. Sofies Auto steht in der Nähe. Meine Zweibeiner verabschieden sich herzlich von Laura und ihrer Mutter.

Laura streicht mir noch einmal gefühlvoll über den Rücken. Sie flüstert mir ins Ohr: »Bis bald, Django.«

Ich schnurre zum Abschied.

Nach einem kurzen, von Alpträumen geplagten Schlaf fühle ich mich wie benommen. Der Adrenalinrausch der vergangenen Nacht steckt tief in der Erinnerung meiner Zellen. Ich bin überaus niedergeschlagen. Das kleine Monster ruht still in mir. Die Gliederschmerzen haben sich verflüchtigt, doch in meiner Stirn hämmert der Schmerz.

Ich drücke mich fest an Tinas schlafenden Körper. Sie schnarcht leise vor sich hin. Vermutlich hat sie einen Schnupfen.

Ich bin unbeschreiblich froh, dass ich daheim bin. Der Gedanke, dass ich ein vergessener Kater in einem Tierheim sein könnte, löst einen sibirisch kalten Schauer in mir aus, der grausam gebremst durch meinen Körper zieht. Ich schnurre, so gut es geht, mit dem Bild meiner Retterin Laura im Geiste. Sie ist meine Heldin!

Was passiert jetzt mit Kira, Milo und den anderen? Diese Frage quält mich, seit wir die Tierklinik verlassen haben. Vielleicht kann Yoda helfen. Ich hoffe es inständig.

Da höre ich Pfoten in das Zimmer tapsen. Maximus schleicht sich zu uns. Mit einem Sprung hüpft er aufs Bett.

»Mein Bruder.«

»Mein Bruder.«

Er begutachtet meinen geschundenen Körper. Nicht nur am Kopf zeugt eine Wunde von meinem entsetzlichen Kampf. Auch die vielen Kratzer an den Vorderbeinen, der rechten Pfote und dem Bauch malen ein deutliches Bild.

Er stupst mich mit der Nase an. »Bin ich froh, dass du wieder zu Hause bist.« Er schnurrt vor Freude und schnuppert an meinem Fell. Bestimmt ziehen neue Gerüche durch seine Nase. Dabei entdeckt er den Speichel des Angreifers auf meinem Fell und schleckt ihn ab. Ich bin zu erschöpft, um mich vollständig zu säubern.

»Kannst du heute mit mir zur Eiche kommen?«, fragt er nach einer Weile.

»Ich versuche es nachmittags, okay?«

Er nickt.

Gleich darauf übermannt mich der Schlaf.

Am Nachmittag fühle ich mich wesentlich besser. Noch im Sog des Aufwachens bemerke ich, dass meine Energie langsam zurückkehrt.

Tinas Zimmer ist leer. Ich putze meinen ganzen Körper penibel genau und spüre, wie meine Verletzungen zu heilen beginnen. Danach entdecke ich meine Lieblingsmahlzeit im Napf. Ich rieche daran. Das Huhn im Gelee ist frisch. Ich schaufle, allerdings schmerzt mein Körper.

Im Wohnzimmer steht die Terrassentür offen. Ich tapse über die Schwelle und sehe Sofie mit Klara am Zaun stehen.

»Jeder, der eine Katze vermisst, soll heute Abend dabei sein«, erklärt Sofie.

Klara nickt. »Ich rufe sie alle an.«

»Danke.«

Mein Herz rast auf Anhieb. Wollen sie etwas unternehmen? Haben sie doch etwas bemerkt?

Da entdeckt mich Klara und ruft mich zu sich. Ich drücke mich vor ihr schnurrend an den Zaun. Sofie hebt mich hoch, sodass mich Klara am Rücken kraulen kann. Mm!

»Du hast keine Ahnung, Django, wie froh wir sind, dass du wieder bei uns bist.«

Und ich erst! Klaras blaue Augen strahlen mich liebevoll an. Sie freut sich wirklich. Ich kann es spüren.

Ein Blick zum Himmel verrät mir, dass die Sonne auf Abwärtskurs ist. Es muss schon Spätnachmittag sein. Ich hüpfe auf den Boden und bemerke, dass mir mein Kopf, meine rechte Pfote und mein Bauch beim Aufprall wehtun. Ich muss mich schonen.

Trotzdem will ich zur Eiche. Ich kann es kaum erwarten, meinen Freunden alles zu erzählen. Doch unser Zaun stellt eine unerwartete Hürde dar. Mehrmals versuche ich mich mit Schwung vom Gras abzustoßen. Meine Verletzungen hemmen die Kraft in meinen Hinterbeinen.

Ich atme tief durch. Dann nehme ich allen Mut zusammen, hüpfe darüber und ertrage tapfer die Schmerzen. Auf der Wiese schleiche ich langsam zum Mais. Dort tapse ich am Rand entlang auf den Wald zu. Die Eiche begrüßt mich mit ihrer gigantischen Erscheinung als Erste. Zur gleichen Zeit nehme ich den Duft meiner Freunde auf.

Feline läuft auf mich zu und begrüßt mich von Schnauze zu Schnauze. Blume folgt ihr. Sie schleckt speichelintensiv und inbrünstig über mein Gesicht, was mir nur heute recht ist. Yoda und Maximus warten an der Eiche.

Nach einer innigen Begrüßung setzen wir uns wie üblich in einen Kreis. Yoda beginnt: »Wir sind froh, dass du daheim bist. Kannst du uns etwas sagen?«

Ich nicke aufgeregt. »Kira, Milo, Chico und Leon leben.«

»Was ist mit Whiskers?«, quietscht Blume.

»Keine Ahnung. Ich hörte nur ihre Stimmen hinter einer verschlossenen Tür.«

»Ganz langsam und von vorne, bitte«, meint Maximus.

Ich erzähle ihnen die ganze Geschichte. Dabei scheint der aggressive Kater tatsächlich ein Panther zu sein. Vielleicht übertreibe ich an der einen oder anderen Stelle. Dennoch zeugt mein verletzter Körper von der wahren Gefahr, in der ich schwebte.

Mit den Details der Ereignisse bringe ich meine Freunde zum Nachdenken.

»Kannst du den Ort noch einmal wittern?«, fragt Maximus.

»Dort ist überall mein Duft verteilt. Aber keine Ahnung, ob ich die Stadt wiederfinde. Beim Heimweg schlummerte ich auf Tinas Schoß.«

»Wir müssen dorthin!«, ist sich Yoda sicher.

»Erst mal müssen Maximus und ich heute Abend zu uns nach Hause. Sofie spricht gerade mit Klara über ein Treffen, das bei uns stattfinden soll. Eingeladen sind alle, die eine Katze vermissen, also Milos, Kiras, Chicos, Leons und Whiskers' Zweibeiner.«

Ich bemerke, wie alle anwesenden Katzen über meine Neuigkeit staunen. Für einen gedankenintensiven Moment spricht keiner.

»Was glaubst du, Yoda, geht da vor?«, will Feline wissen.

»Sie haben es bemerkt, so wie du, Django.« Yoda nickt zufrieden.

»Das denke ich auch.«

»Sie setzen sich an einem lauwarmen Abend bestimmt auf die Terrasse«, vermutet Maximus. »Sofie liebt es, abends draußen zu sein. Somit können wir alle lauschen.«

Feline und Blume quietschen in Aufregung. Felines Ohren schaukeln dabei wild hin und her. Ich stimme ohne Worte zu.

Derweilen strahlen mich Yodas saphirblaue Augen wohlwollend an. »Was meinst du, kannst du über den Parcours sausen?«

»Ich kann auf jeden Fall mit den Mäusen und den Federn spielen.«

Und schon sind wir auf dem Weg zum Katzen-Spiele-Paradies. Es macht Spaß! Doch nach einiger Zeit begeben wir uns nach Hause. Wir verabreden uns unterm Apfelbaum, wo wir uns im Schutz der Nacht unbemerkt aufhalten können. Dort ist genügend Platz für uns alle.

Zu Hause laufe ich nach einem schmerzhaften Sprung über den Zaun erst einmal zu Sofie in die Küche. Dort streiche ich begrüßend um ihre Füße. Danach steuere ich auf den Napf zu.

Igitt! Altes Futter. Das vertrocknete Zeug ist mir zuwider.

Ich renne zurück zu Sofie und maunze empört. Sie schenkt mir ein fürsorgliches Lächeln. Einen Blick auf den Napf später meint sie: »Mein verwöhnter Gourmet.«

Ich glaube zwar, dass keine Katze altes Futter mag, aber was soll's. Verwöhnt heißt ja nur, dass es mir gut geht.

Mm! Und es geht mir außerordentlich gut. Es gibt einen Schlemmertopf aus Gans, Huhn und Karotte. Lecker!

Christian ist der erste Gast, der eintrifft. Mit einer Flasche Rotwein in der Hand begrüßt er Sofie, die bei seinem Anblick eigenartig nach Luft schnappt. Wahrscheinlich ist es sein Aussehen. Irgendwie ähnelt er ihrem verstorbenen Mann. Er hat dunkelbraune Haare, die bis zu seinen Schultern fallen. Seine rehbraunen Augen wirken warm und neugierig. Sein markantes Gesicht ist sonnengebräunt. Er trägt eine blaue Jeans und ein weißes T-Shirt, was seine sportliche Figur hervorhebt. Christian ist in Menschenkreisen bestimmt ein echter Blickfang.

Sofie stellt sich bei ihm vor und nimmt ihm den Wein mit einem »Danke« ab. Ich spüre förmlich, wie ihr Herz schneller schlägt. Doch als Yodas Zweibeiner, Elisa und Tony, eintreffen, ist sie wieder die Alte.

Kurz darauf klingelt es erneut an der Tür. Es sind Klara und Kiras Zweibeiner. Klara informiert Sofie, dass Leons und Whiskers' Zweibeiner an diesem Abend einer Vorstellung im kleinen Theater am Nachbarort beiwohnen.

Sofie winkt ab. »Wir kriegen das auch alleine hin.«

Was kriegen sie hin? Die Spannung steigt.

Als alle im Garten sitzen, schenkt Tina einem jeden nach Wunsch einen weißen oder roten Wein ein. Dazu stellt sie eine Karaffe stilles Wasser mit Gläsern, Kekse und Chips auf den großen Tisch. Dort ruhen ebenso graue Windlichter, die später in der vollkommenen Dunkelheit der Nacht mit den Lichtern aus den herumstehenden Laternen perfekt harmonieren werden. Ein Blick zum Horizont zeigt mir, dass es nicht mehr lange dauern kann. Er ist gerade dabei, seine prickelnde orangerote Farbe loszulassen, um sich in ein kühles Graublau zu färben. Bald bricht die Nacht über uns herein.

Alle menschlichen Anwesenden stellen sich vor, da Elisa, Tony und Christian erst seit Kurzem im Dorf leben. Ich spüre eine angenehme Stimmung, die von einer zielorientierten, dennoch romantischen Aura umgeben ist. Deshalb streife ich begrüßend jedes Bein, bevor ich mich zu meinem Bruder und den Freunden unter dem Apfelbaum geselle. Allesamt riechen sie gut. Ein paarmal streichen ihre sanften Finger über mein Fell.

Sofies Gäste lachen heiter, als ich es mir neben der eingerollten Feline gemütlich mache. Yoda legt sich mit untergeschlagenen Pfoten bequem neben uns. Blume und Maximus sitzen angespannt vor der Steinbank. Jeder von uns hat seine Ohren auf vollkommene Bereitschaft. Kein Wort entgeht unserer Aufmerksamkeit. Im Moment sprechen sie jedoch von den Unterschieden zwischen der Lebensweise in den USA und Deutschland.

Ich schlecke meine Wunden ab. Danach spreize ich meine linke Pfote, sodass ich sie zwischen den Fußballen besser putzen kann.

Als ich fertig bin, bemerke ich, dass sich Blume und Maximus ebenso säubern. Ihre Schnurrhaare stehen seitwärts vom Gesicht ab, was auf eine entspannte Haltung deutet. Wie schön, denn an diesem Abend ist mir unser aller Wohlsein besonders wichtig.

Nach einer Weile liegen fünf Fellknäuel eingerollt im Schatten des Baumes, als Sofie mit dem für uns wertvollen Thema beginnt.

Sie erzählt den Anwesenden die Geschichte von meiner angeblichen Entführung, meiner Flucht und der eigenartigen Situation vor der weißen Tür mit dem roten Schild.

»Ich kenne die Klinik. Sie hat einen guten Ruf«, erklärt Christian.

»Wie kann das sein? Sie entführen Katzen, um mit ihnen wer weiß was zu tun«, wundere ich mich und erhalte sofort ein »Pst!« von Yoda.

Ich lege meine Schnauze seufzend zwischen meine ausgestreckten Vorderbeine. Zwei Grashalme umarmen meine Nase. Ich atme tief ein.

»Ich will ja nichts verschreien, aber in dieser Klinik gehen eigenartige Dinge vor«, entgegnet Klara. »Ich war mit Feline wegen ihrem Unfall dort. Die OP war nur ein geringer Erfolg. Aber das ist ein anderes Thema. Als ich mit Feline im Wartezimmer saß, spazierte unser Tierarzt Kronberger aus dem Nachbardorf mit einer wunderschönen Somali-Katze im Käfig über den Gang.«

»Das ist doch normal, dass ein Tierarzt eine kranke Katze in die Klinik bringt, oder?«, wundert sich Tony, der im hohen Alter so gut wie keine Falten hat. Nur sein dünnes, graues Haar zeugt von seinen fast 90 gelebten Jahren.

»Die Somali-Katze fiel mir auf, weil sie so ein schönes Fell hatte. Ihre bernsteinfarbenen Augen wirkten verspielt und temperamentvoll. Sie erschien mir völlig gesund, was natürlich in einer Klinik nichts heißen muss. Wie auch immer, ich traf Wochen später eine mir fremde Frau beim Hausarzt, die dem vollen Warteraum von ihrer Somali-Katze erzählte. Die Katze wurde zu dieser Zeit vermisst und die Frau war sehr bestürzt, weil sie so eine intelligente und verschmuste Katze noch nie hatte. Ich brachte die Ereignisse damals nicht zusammen, aber mit den derzeitigen Informationen muss ich mich schon wundern. Die Beschreibung der vermissten Somali-Katze passt nämlich zu der Katze im Käfig.«

Tina lacht. »Django würde niemals freiwillig mit unserem Tierarzt mitgehen. Er hasst ihn.«

Tina kennt mich einfach zu gut.

»Wenn er ihn mit etwas Leckerem lockt?«, fragt Elisa.

Tina nickt. »Da hast du recht.«

Eine ahnungsvolle Stille kehrt ein, in der alle über das Gesagte nachgrübeln. Jeder nimmt einen Schluck von seinem weißen oder roten Wein oder dem Wasser, Tina von ihrem geliebten Cola, das sie nur selten trinken darf.

»Was sollen wir tun?«, fragt Christian.

Sofie beißt sich gedankenverloren auf die Unterlippe. »Vielleicht sollten wir die Polizei verständigen?«

Kiras Zweibeinerin stimmt zu: »Kira ist vermisst gemeldet. Wir könnten zusammen zum Revier fahren und unsere Vermutungen melden.« Sie wirft schwungvoll ihre blonden Locken nach hinten, die weit über ihren Rücken fallen. Ihre blauen Augen glänzen aufgeregt. Ihre blasse Haut lässt mich vermuten, dass sie die Sonne meidet, wann immer es geht. Ihr dicker Pullover deutet außerdem darauf hin, dass ihr dünner Körper keine frische Nachtbrise mag.

»Haben wir Beweise für eine Straftat? Vermutungen bringen nur wenige Polizisten zum Handeln«, zweifelt Tony.

»Fünf vermisste Katzen in einem 400-Personen-Dorf und Djangos Reaktion in der Tierklinik müssen doch reichen«, ist sich Klara sicher, die wie immer eine lila Yogahose mit flatternd buntem Shirt trägt.

Kiras Zweibeiner schüttelt den Kopf, wobei sich seine kurzen blonden Haare kaum bewegen. »Eher nicht.« Er räuspert sich. »Aber als Rechtsanwalt werde ich eine Untersuchung mit allen Mitteln vorantreiben.«

Er sieht aus, als ob er der Zwillingsbruder seiner Frau wäre. Komisch!

Sofie wirkt erleichtert. Auch Tina grinst. Sie halten alle zusammen, sowie wir Katzen es tun.

»Weisheit, Ehrfurcht, Mut, Loyalität und Gewissenhaftigkeit in einer Runde bringen wahrhaft große Ergebnisse«, schmunzelt Blume.

Ich seufze innerlich. Blume und ihre philosophischen Auswüchse, die keiner versteht. Oder doch? Meint sie damit, dass diese Tugenden vereint im menschlichen Dasein von Sofie, Tina und ihren Gästen unsere Freunde retten können? Wer weiß das schon.

Sofie und Christian sitzen bis in die frühen Morgenstunden auf der Terrasse. Sie diskutieren, lachen und, wie ich vermute, flirten, teilweise bewacht von fünf Paar Katzenaugen. Ihre gute Laune steckt uns an, auch wenn uns manches Mal der Schlaf übermannt.

Als der Mond in der ersten Dämmerung verblasst, schleiche ich mich zu Tina, die schon seit Mitternacht im Bett liegt. Ich kuschle mich an ihre Beine, strecke meine Vorderpfoten aus und tretle genüsslich in die Felldecke. Es tut gut, herzhaft zu schnurren. Tina streicht über meinen Rücken. »Mein Django«, bemerkt sie liebevoll.

Kurz darauf falle ich in einen tiefen Schlaf.

Am nächsten Tag ist niemand im Haus, als ich nach dem Aufwachen einen Mordshunger verspüre. So muss ich warten und lege mich auf die Couch. Ich säubere mich gründlich, als Feline über den Zaun hüpft. Der Aufschlag ihrer Stoßdämpfer ist mir wohlbekannt. Ich fetze zur Wohnzimmertür.

Ihre Hüfte scheint besser zu werden. Sie läuft schnurstracks auf mich zu, wenn auch ihre Kruppe immer noch wankt.

»Sie sind alle zusammen zur Polizei gefahren«, erzählt sie mir mit aufgeregter Miene.

»Toll!«, staune ich.

»Was wohl mit unseren Freunden passiert ist?«

»Lass es uns abwarten.« Ich grinse mit einer Portion Vorfreude auf Kira und auf Milo, der so tapfer an meiner Seite stand.

»Yoda, Maximus, Blume und ich harren heute in unseren Gärten aus. Somit bleiben wir auf dem Laufenden.«

Ich nicke zustimmend.

»Ich bin so aufgeregt!« Feline strahlt über ihre Schnurrhaare hinaus.

»Ich auch«, gebe ich zu.

»Kannst du raus?«

Ich trete vorsichtig mit meiner rechten Pfote gegen die Katzenklappe. Ihre sture Ader bringt mich auf die Palme. Sie bleibt verschlossen. »Dieses verräterische Mi...«

»Kein Problem«, unterbricht Feline. »Dann sehen wir uns später im Garten.«

»Bis dann!«

Ich hüpfe zurück auf die Couch und putze meine Wunden am Bauch und der Pfote ab. Sie heilen. Danach rolle ich mich gemütlich ein und schlummere vor mich hin. Ob sie Kira finden? Ob sie sich freut, mich wiederzusehen? Oder gehört ihr Herz einem anderen Kater? Hm, wer außer Kira weiß das schon.

Erst spätnachmittags kommen Sofie und Tina nach Hause.

Sie sprechen wild durcheinander. Ich muss mich konzentrieren, um den Faden nicht zu verlieren. Mir fällt jedoch auf, dass es um die Schule, Tinas Freunde und Patrick geht. Es hat nichts mit meinen felligen Freunden zu tun.

Nach einer deftigen Mahlzeit und Streicheleinheiten laufe ich durch die offene Tür hinaus auf die Terrasse. Ein Blick verrät mir, dass alles beim Alten ist. Nur der Tisch ist aufgeräumt. Ein paar halb abgebrannte Kerzen stehen darauf.

»Weißt du schon etwas Neues?«, frage ich Blume, die sich in ihrem Garten vorm Apfelbaum sonnt.

»Nein. Wir wissen nur, dass sich die Polizei der Sache annimmt. Was auch immer das heißt.«

»Dass sie nach den Katzen suchen, nehme ich an.«

Gleichzeitig springt Feline durch die Katzenklappe. Sie galoppiert über den Garten auf mich zu. »Django, da bist du ja!«, begrüßt sie mich am Zaun. »Ich denke auch, dass sie in der Tierklinik nach ihnen suchen.«

»Was jetzt?«, frage ich.

»Abwarten.«

Ich lege mich gegenüber der Steinbank auf den Boden. Feline rollt sich neben Blume im Schatten ihres Apfelbaumes ein. So schlummern wir ein wenig dahin. Unsere Köpfe schnellen erst wieder in die Höhe, als Yoda über den Zaun springt.

»Gibt es etwas Neues?«, will ich ungeduldig wissen.

Er schüttelt den Kopf und legt sich neben mich. Wir widmen uns erneut einem Nickerchen. Doch die grässliche Nacht in der Stadt malträtiert mein Nervenkostüm.

Da murmle ich: »Du, Yoda!«

Er öffnet die Augen und sieht mich wohlwollend an. Seine Schnauze bleibt dabei fest auf seinen überkreuzten Vorderpfoten liegen.

»Schritt 2 der geistigen Kriegskunst der Katzen ist der wichtigste Schritt von allen, nicht wahr?«

»Wieso glaubst du das?«

»Weil es viele verführerische Düfte für uns Katzen gibt. Sie schalten unseren rationalen Geist aus und den irrationalen Trieb an. In Gefahrensituationen kann uns der Letztere das Leben kosten.«

»Hast du ein Beispiel?«

»Na ja, Feline ist ein Beispiel oder ich, als ich vor der belebten Straße in der Stadt saß und den Duft einer Bratwurst roch. Die Wurst zog mich mit einem unbeschreiblichen Sog an. Mein Geist rebellierte.«

»Und dann?«

»Dann schickte ich die Illusion den Fluss abwärts. Die Illusion, dass die Wurst das beste Futter der Welt ist. Na ja, dass sie meine Sinne stimuliert und mich jeder Bissen glücklich macht. Dass …«

»Und?«, unterbricht mich Yoda.

Keine Ahnung, was er meint.

»Und wie lange hast du gebraucht, um die Illusion den Bach hinunterzuschicken?«

»Das lief blitzschnell ab.«

»Wegen?«

Manchmal behandelt er mich wie ein kleines Kätzchen. Anstatt die Antwort einfach auszuposaunen, lockt er sie aus mir heraus. Ich antworte: »Meditation. Okay, Schritt 1 und 2 stärken sich gegenseitig.«

»Sehr gut.« Yoda grinst zufrieden.

»Glaubst du, dass es unseren Freunden gut geht?«

»Ich hoffe es.«

»Was, glaubst du, ist mit ihnen in der Tierklinik passiert?«

Yoda zuckt mit den Schultern. »Meine Erfahrungen erzählen mir nichts Gutes.«

Ich seufze knurrend. Gleichzeitig höre ich die durcheinandertönenden Mi-mi-Laute der Kätzchen. Sie steuern durch das hohe Gras auf uns zu, wobei ich nur die wie von Geisterhand hin und her schaukelnden Spitzen der grüngelben Halme sehe. Dann ragen winzige Nasen aus dem Dickicht hervor. Leichtfüßig nähern die Kleinen sich dem Zaun. Dort starren uns zehn runde, wachsame Augen freundlich und extrem neugierig an. Die kleinen Körper haben an Gewicht zugenommen. Es geht ihnen sichtlich gut.

Hm, welcher Rasse der Vater der fünf Kätzchen wohl angehört? Siamkatze, Britisch Kurzhaar oder … hm? Nur ein einziges männliches Kätzchen besitzt das rot-weiße Fell seiner Mutter. Oder …

»Sind Chicos Nachkommen nicht besonders süß?«, schmunzelt Yoda.

»Wie bitte?«, ruft Feline überrascht über den Zaun zu uns herüber.

»Es passierte beim ersten Ausgang in seiner neuen Heimat.« Yoda grinst.

Katzen sind in der Regel geduldige Wesen. Aber die Zeit der Ungewissheit den Abend und die lange Nacht hindurch macht mich ganz kirre.

Als die Sonne bereits am Himmel steht, höre ich das Telefon in der Diele läuten. Ich renne sofort hinunter.

Doch Sofie spricht nur unverständliche Fetzen: »Aha … das ist ja schrecklich … Doktor Kronberger! … Spielsucht … illegale Medikamentenversuche … Nein! … Der arme Whiskers … aha … vielen Dank, Hauptkommissar …«

Ich sprinte zur Terrassentür, die, Katzenhimmel sei Dank, offen steht. Im Garten springt Feline hastig über den Zaun, gefolgt von Blume. Wir verziehen uns sofort unter den Apfelbaum.

Feline keucht: »Hast du es schon gehört?«

»Nein«, lüge ich nur ein bisschen, da Sofies erwähnte Fetzen keine eindeutige Erklärung zur Situation abgeben.

Feline holt gerade Luft, als ich Yodas und Milos Duft vernehme. Ich drehe mich danach um und sehe sie über den Zaun in unseren Garten springen.

Milo wird begrüßt, wie es ein Held verdient. Wir schnüffeln an seiner Nase, bewundern seine Stärke und seinen Mut und klopfen ihm mit der Pfote bewundernd auf die Schulter.

Da gesellt sich Maximus zu uns.

Milo beginnt: »Kira, Leon und Chico geht es den Umständen entsprechend gut.«

»Was heißt das?«, frage ich verblüfft.

»Sie mussten sich vielen Medikamenten aussetzen. Die Ärzte brauchten dafür gesunde und angeschlagene Katzen, zum Beispiel einen Kater wie Chico, der angeborene körperliche Anomalien hat. Seine Gelenke sind irgendwie komisch miteinander verwachsen. Genau weiß ich es auch nicht. Na ja, die meisten Katzen waren vollkommen gesund, als sie in die Klinik kamen.«

»Und dann?«, will Feline wissen.

»Leon hatte heftige Fieberschübe, als ich im Labor ankam. Kira atmete eigenartig und Chico war emotional niedergeschlagen. Sie alle wurden noch vor Ort von einem Arzt behandelt.«

»Was ist mit Whiskers?«, fragt Blume ängstlich.

»Die Polizei hat ihn in eine andere Tierklinik gebracht. Er war halb tot, als ich eintraf.«

Blume zittert am ganzen Körper. Sie hält mit Müh und Not die Tränen zurück. Sie tut mir unendlich leid.

»Kira, Leon und Chico müssen jetzt für Tage daheimbleiben und sich auskurieren. Sie bekommen Flüssigkeit, um die Gifte auszuleiten.«

Ich atme erleichtert durch.

»Wer testet Medikamente an Katzen?«, stößt Feline entsetzt hervor.

»Da waren nicht nur Katzen. Ich hörte, dass die Polizei im Stockwerk darüber viele andere Tiere fand. Ein Papillon ist kurz vor der Rettung verstorben.«

»Wie kann man so etwas Grausames tun?« Es liegt außerhalb meines Verständnisses.

»Keine Ahnung, aber es war illegal. Die verantwortlichen Ärzte werden hart bestraft, zumindest erwähnte das Kiras Zweibeiner im Auto.«

Das kleine Monster in meiner Brust atmet auf. Ich bin froh, dass Kira und alle anderen Tiere gerettet wurden. Hoffentlich geht es Whiskers auch bald wieder gut.

»Weißt du, welche Medikamente es waren?«, will Feline wissen.

»Nein. Ich hörte nur, dass ein Pharmaunternehmen ein neues Produkt für Katzen herausbringen will. Deshalb brauchte die Klinik mehrere Katzen. Die ersten legalen Tests gingen schief. Somit sollten die weiteren illegal ablaufen, sodass die Öffentlichkeit nichts davon erfährt. Die wollen dieses Produkt wohl unbedingt auf den Markt bringen.«

Diese Informationen müssen wir erst einmal verdauen. Dafür sprinten wir zum Katzen-Spiele-Paradies und sausen berauscht über den Parcours.

Tage später liegen wir alle in einer lauen Nacht eingerollt unterm Apfelbaum, als unsere Köpfe in die Höhe schnellen.

Chico, Whiskers und Leon hüpfen über den Zaun. Wir springen auf unsere Pfoten und begrüßen uns fröhlich von Schnauze zu Schnauze. Whiskers wirkt schwach, dennoch ist er über den Berg. Sogar Leon riecht jetzt viel angenehmer als vor seiner Entführung.

Da unterhalten sich meine Freunde wild durcheinander, während ich Ausschau nach Kira halte. Wo kann sie nur sein?

Doch dann sehe ich ihr wuscheliges Fell durch die Luftlöcher des Zauns spitzen. Mein Herzschlag erhöht sich mit jedem ihrer Schritte. Graziös hüpft sie in unseren Garten. Ihre anmutige weiße Statur haut mich aufs Neue um. Mein Herzschlag rast, als sich unsere Blicke treffen.

Sie begrüßt mich mit einem verlegenen Zwinkern und lobt mich als Held ihrer Rettung. Ich bin überglücklich. Sie stupst meine Nase mit der ihren an. Ihr feiner Geruch fließt durch meine Nase wie der verführerischste Duft der Welt. Nicht einmal Katzenminze kann da mithalten. Gleich darauf verschmelzen unsere Blicke. Sie sprechen in Liebe zueinander.

Oh! Eine Leidenschaft übermannt mich. Ich blinzle und hebe meinen Kopf. Dabei entdecke ich den tief stehenden Mond. Sein Licht beschützt unsere innere Verbundenheit. Die Sterne gratulieren uns fröhlich glitzernd.

Nur Minuten später laufen Kira und ich über die Gräser und Felder auf den Wald zu, wo wir uns in der Nähe der alten Eiche auf einen herabgefallenen dicken Ast setzen. Unsere Augen sind direkt auf den Mond gerichtet. Es ist mystisch. Die Aura der Geborgenheit nimmt uns ein. Dabei treffen sich unsere Köpfe im romantischen Sein unserer gemeinsam schlagenden Herzen.